Über den Autor:

Bernhard Künzner, geboren 1959 in Bad Reichenhall
aufgewachsen in Burghausen, Oberbayern
wohnhaft in Mehring bei Burghausen

Dipl.-Verwaltungswirt (FH)
Standesbeamter seit 1984
metaphysischer Heiler
Meditationsleiter
Lebensberater
Psychologischer Berater

verheiratet, 3 Kinder

bisher veröffentlicht:
„Ich war in Quies" (Erlen-Verlag Gelsenkirchen) 1984
„30 Minuten leben" (Ubooks-Verlag) 2005
„Zwischen dunklen Mächten" (Books on demand) 2010
„Herzensträume" (Books on demand) 2011
„30 Minuten – träumend die Realität verändern (EINBUCH-
Verlag Leipzig) 2013
„Der dunkle Schleier fällt" (EINBUCH-Verlag Leipzig) 2015
„Ohne Silikone" (Books on Demand) 2016

zahlreiche Theaterstücke
Freier Mitarbeiter bei der Passauer Neuen Presse

Herstellung und Verlag:
BoD- Books on Demand, Norderstedt
ISBN: 978-3-7528-5120-5

Noch 30 Minuten bis zum Gipfel

Dichte Nebelfetzen jagen über den Gipfel hinweg. Schemenhaft kann ich schon das Gipfelkreuz erkennen, in wenigen Minuten habe ich es erreicht – aber jetzt konzentriert bleiben! Links und rechts von mir sehe ich nur ein verschwommenes Grau-in-Grau, und wie schnell kann man vom Weg abkommen, wenn man nicht genau auf jeden Tritt achtet! Der kalte Wind hat an Stärke zugenommen. Es ist so steil, dass ich meine Hände zu Hilfe nehme, um mich an den großen, feuchten Steinblöcken aufzustützen und empor zu ziehen. Nur noch etwa zwanzig Meter, dann ist es geschafft, dann habe ich einen Gipfel erklommen, der mit seinen 2650 Metern als der höchste in diesem Gebirge gilt!

Immer wieder habe ich mit dem Gedanken gespielt aufzugeben, weil der Weg schwieriger und langwieriger war als gedacht. Vier Stunden bin ich jetzt wohl unterwegs und dann hat auch noch leichter Nieselregen eingesetzt, und man weiß ja, was mit Leuten passiert, die keine Bergerfahrung haben und ohne Begleitung unterwegs sind und sich dann noch körperlich überfordern …

Aber jetzt bin ich am Ziel! Ich stürze auf das Gipfelkreuz zu, umfasse das grobe Holz und blicke, immer noch schwer atmend, in die Ferne. Viel sehe ich nicht, zu dicht ist der Nebel, doch wenn er dann und wann kurz aufreißt, lässt mich die Aussicht erschauern. Direkt hinter dem Gipfelkreuz fällt die Felswand schroff ab, mehrere hundert Meter, schätze ich, und ringsherum ragen andere Gipfel auf, die allesamt etwas niedriger sind als dieser. Der Wind treibt die Wolken durch die Kare und Täler und drückt die kalte Luft durch meinen Pullover. Für einen Moment wird mir schwindelig, ich lasse mich zu Boden sinken und setze mich, die Knie angezogen, die Hand immer noch an das Gipfelkreuz geklammert.

Ich habe gedacht, ich würde, am Gipfel angekommen, zuerst eine Kleinigkeit von meiner mitgebrachten Brotzeit zu mir nehmen und den Moment genießen; darauf kann ich gerne verzichten! Nichts wie runter hier! sage ich mir. Nur wieder ins Tal hinab und die gewohnte Sicherheit der Ebene genießen!

Ich atme ein paar Mal tief ein und aus, dann stemme ich mich hoch und schnalle den Rucksack wieder auf den Rücken. Meine Beine zittern bei jedem Schritt. Ich weiß, ich habe zu wenig getrunken, das sollte ich bald nachholen, nur nicht jetzt, wo die schmalen Spitzkehren meine ganze Aufmerksamkeit erfordern. Erst dort, wo der Weg flacher und breiter wird, erlaube ich mir eine kurze Rast und nehme ein paar Schlucke aus der Wasserflasche. Zögernd wende ich mich um und suche nach dem Gipfel, den ich bestiegen habe. Der feine Regen fällt mir ins Gesicht. Ich sehe nichts mehr dort oben – nur Nebel. Jetzt schnell weiter, ehe der Regen stärker wird und sich der Weg in einen Wildbach verwandelt! Ich weiß, wie schnell das in den Bergen passieren kann. Im Eiltempo folge ich dem Weg nach unten, aber mit Bedacht, denn das Geröll zu meinen Füßen bietet kaum Halt. Langsam wird die Sicht besser, der Regen lässt wieder nach. Dafür steht die Sonne schon tief und ich habe noch etwa zwei Stunden zu gehen …

Vielleicht sollte ich noch kurz erklären, was einen 35jährigen, alleinstehenden Beamten dazu bringt, seinen einzigen freien Wochentag damit zu verbringen, einen hochalpinen Berg zu erklimmen, während es doch so viele angenehmere Dinge gäbe, wie richtig auszuschlafen, genüsslich zu frühstücken, sich mit Freunden zum Frühschoppen oder zum Fußballspielen zu verabreden oder durch die Stadt zu flanieren und nach Lust und Laune Kaffee zu trinken, Zeitung zu lesen oder etwas anderes in der Art. Nun – das ist schnell erklärt: Vor drei Tagen stellte sich heraus, dass die Frau, mit der ich seit einigen Monaten eine Wohnung teilte, natürlich mit dem Ziel, eine Familie zu gründen, gestand, endlich den Mann ihrer Träume gefunden zu haben; ich war es nicht. Wie geht man mit solch einer demütigenden Niederlage um? Man sollte die beißende Wut darüber so kanalisieren, dass sie sich nicht unkontrolliert

Bahn bricht und am Ende jemanden verletzt. Ich gehe in der Regel folgendermaßen vor: Ich verwende meinen Körper als Medium, um die Wutenergie darin aufzunehmen und sinnvoll umzuwandeln, in den Muskelzellen, im Herz-Kreislaufsystem. An der sportlichen Herausforderung, die ich hierfür auswähle, erkenne ich sehr deutlich, wie viel Energie diese Wut in sich birgt. Im Idealfall lässt sich damit auch die Psyche harmonisieren, was auch dringend nötig ist. Denn die logische Schlussfolgerung aus einer missglückten Liebesbeziehung ist für mich immer die Erkenntnis gewesen, ein Loser zu sein. Das ist nicht aufbauend für die Psyche. Daher muss ich die Psyche ablenken, muss ihr einreden, dass es eine enorme und bewundernswerte Leistung ist, einen Gipfel jenseits der 2.500 m-Grenze zu besteigen. Wer so etwas schafft, kann kein Loser sein!

Das alles geht mir jetzt in Sekundenschnelle durch den Kopf. In diesem Augenblick bin ich mir sicher: es funktioniert!

Erschöpft komme ich an dem Parkplatz an, wo mein Auto steht. Ich bin hungrig und friere. Kaum auszudenken, wenn ich den Autoschlüssel unterwegs verloren hätte! Gleich unterhalb des Parkplatzes ist ein Wirtshaus. Ich meine, mir nach meiner Gewalttour ein Bier und ein ordentliches Essen verdient zu haben. Irgendwie muss ich mich doch nach so viel Torturen und Überwindung belohnen! Ich hoffe, das Wirtshaus hat geöffnet, denn durch die kleinen Fenster sehe ich kein Licht. Ich drücke gegen die alte schwere Holztür – Gott sei Dank, es ist offen! Ich betrete die Gaststube und lasse mich stöhnend an einem leeren Tisch nieder.

„Grüß Gott", sage ich zum Wirt.

„Grüß Gott", gibt der zur Antwort. „Sie waren doch wohl nicht bei dem Wetter auf dem Berg?"

„Doch!", sage ich, nicht ohne Stolz.

Der Wirt schüttelt nur den Kopf. Keine Spur von Anerkennung.

„Was darf's sein?"

Ich werfe einen schnellen Blick in die Speisekarte. „Ein Bier und die Käsespätzle, bitte!"

„Sofort!"

Es trifft mich unerwartet und schmerzhaft, dass der Wirt meine Leistung nicht gewürdigt hat, sondern mich offenbar als dummen Jungen ansieht. Stellt er mich etwa mit diesen „Turnschuh-Touristen" auf eine Stufe, die sich, kaum dass sie den geteerten Forstweg verlassen haben, den Knöchel verletzen und die Bergwacht rufen? Ob ich ihn darüber aufklären soll, wie umsichtig ich mich auf meiner Tour verhalten habe?

Trotzig nehme ich einen großen Schluck von meinem wohlverdienten Halbliterkrug Bier. In der Stube sind nur wenige Gäste: an einem runden Tisch eine Versammlung von älteren Damen, daneben ein Herr mittleren Alters, der in eine Zeitung vertieft ist, und ein Pärchen, mit je einem Glas Wein vor sich.

Das Bier zeigt Wirkung. Ich entspanne mich und der Ärger über die unerwartete Reaktion des Wirtes verfliegt im Nu. Als meine Käsespätzle gebracht werden, bestelle ich mir noch ein weiteres Bier. Mein Körper fühlt sich nun bleischwer an, doch mein Gehirn arbeitet auf Hochtouren ... Die harte Holzbank, auf der ich sitze, ist unbequem und nicht geeignet, sich gemütlich zurückzulehnen, aber ich kann sie nun auf eine ganz andere Art betrachten. Es fällt mir auf, dass sich an manchen Stellen der Lack gelöst hat und angegrautes Holz zum Vorschein kommt, und im selben Moment denke ich an all die Leute, die hier schon gesessen haben und an den Schreiner, der sie gefertigt hat, und an seine Reaktion, als er sie betrachtete und sein Werk gut fand. Wie lange mag das her sein? 20, 30 Jahre oder länger? Womöglich lebt der Schreiner gar nicht mehr. Und der Wirt oder der Eigentümer des Gasthauses – wie stolz er wohl damals war, als er diesen Gastraum neu eingerichtet hatte, mit einem Bankkredit finanziert wahrscheinlich. Er hat sich vielleicht gedacht: Ich hab's geschafft! Mein Traum von einem eigenen Gasthaus ist wahr geworden. Gut, jetzt heißt es erst einmal „die Ärmel hochkrempeln", aber in zehn Jahren bin ich schuldenfrei und das Haus wird zur Goldgrube ... Mir fällt auf, dass ich es liebe, wenn Menschen ihre Träume spinnen.

Seltsame Gedanken, die mich aus dem Nichts überfallen.

Ein Ziel zu erreichen, das war auch mir heute sehr wichtig. Ich wäge ab, ob sich die Anstrengung gelohnt hat: Wie würde ich mich jetzt fühlen, wenn ich aufgegeben hätte und vor dem Gipfel umgekehrt wäre?

Ich beobachte den Wirt und stelle mir vor, er hatte einst einen Traum, ein eigenes Wirtshaus im traditionellen Stil zu eröffnen. Haben sich seine Mühen und Sorgen gelohnt? Hat ihm die Eröffnung eines eigenen Gasthauses das eingebracht, was er sich erhofft hat? Ich betrachte ihn eingehend, während er am Tresen steht und den Zapfhahn bedient. Ein stämmiger Mann, wohl um die 60 Jahre alt. Er sieht nicht so aus, als könnten ihn die Unbilden des Alltags aus der Bahn werfen, aber auch nicht so, als würde ihm sein Beruf Freude machen. Seine Haut ist glatt und gebräunt, doch seine Augenlider sind zu geschwollen, um gesund auszusehen. Nein, ein glücklicher Mensch, dessen Träume sich erfüllt haben, sieht anders aus.

Als will er mich Lügen strafen, bringt er mir das nächste Glas Bier und fragt freundlich:

„Alles in Ordnung bei Ihnen? Ich hoffe, es ist Ihnen warm genug, die Heizung war kaputt und läuft erst seit Mittag wieder."

„Oh! Ja, alles in Ordnung! Darf ich fragen, wie lange Sie dieses Haus schon besitzen?"

Der Wirt sieht für einen Moment so aus, als würde er überlegen, ob er zu einer kleinen oder großen Antwort ausholen solle.

„1988 hab ich das Haus von meinem Vater geerbt. Eine Bruchbude war das! Haha! Kein Mensch hätte das gekauft. Was hätte ich tun sollen? Es blieb gar nichts anderes übrig, als es zu renovieren." Er schüttelt den Kopf und lacht in sich hinein. „Das war schon ein Ding! Niemand hätte geglaubt, dass wir das hinkriegen. Schulden bis über beide Ohren! Aber es hat geklappt. Naja – das war einmal. Ich setze mich eh bald zur Ruhe. Mit einer Gastwirtschaft ist nichts mehr verdient. Gutes Personal kannst du nicht bezahlen und billiges Personal vertreibt die Gäste."

Er winkt ab, als wäre das alles Schnee von gestern. Ein kurzes Rascheln von Papier lenkt meine Aufmerksamkeit auf den Nebentisch. Der Zeitung lesende Herr sieht in diesem Augenblick zu uns herüber und versenkt seinen Blick sogleich wieder in die Nachrichten, als er sich dabei ertappt fühlt.

Ich würde gerne noch weiterfragen, welche Ziele der Wirt denn nun hätte, ob er das Haus nun verkaufen wolle usw., aber er steht schon am Tisch mit den lustigen Damen und nimmt eine Bestellung auf. Ich beobachte, wie er einen Witz erzählt, der an dem Tisch kreischende Lachanfälle hervorruft. Ein bisschen kann ich mir nun vorstellen, wie er war, als sein Gasthaus florierte.

Ich bin mit einem Mal sehr traurig und daran ist nicht nur der Alkohol schuld. Heute Morgen war ich voller Elan aufgebrochen, um mir einen Wunschtraum zu erfüllen: Diesen einen besonderen Gipfel zu besteigen, ganz oben zu stehen, sich für kurze Zeit über die Welt der verkorksten Beziehungen und alltäglichen Sorgen zu erheben, zu zeigen, dass mehr in mir steckt als ein braver Verwaltungsbeamter und rechtschaffener Gemeindebürger! Ich habe mich geschunden wie lange nicht mehr, habe einige Liter Schweiß vergossen, meine Muskeln ausgelaugt, meine Lungen wund geatmet und mein Herz gnadenlos angetrieben. Ich habe alle Stimmen in meinem Kopf, die mir einreden wollten, dass es vernünftiger sei umzukehren, tot geschwiegen. Darum habe ich es geschafft! Ja, ich kann so etwas, wenn ich will!

Wenn ich irgendwoher Applaus dafür erwartet habe, ist das naiv, das ist mir klar. Aber hätte nicht wenigstens die Wolkendecke oben am Gipfel aufreißen können? Hätte da nicht wenigstens ein Mensch oben auf mich warten können, der mir anerkennend auf die Schulter klopft? Ist es denn ganz und gar bedeutungslos, was ich getan habe? Vielleicht hätte ich doch nach einem Gipfelbuch suchen sollen, um meinen Namen und das Datum dort einzutragen, irgendwas für die Ewigkeit hineinschreiben ...

Und nun sitze ich hier und bin traurig. Ich möchte mein eigenes Schicksal beweinen, ebenso wie das der alten Holzbank und des Wirtes. Und nebenan gackern die alten Weiber wie aufgeschreckte Hühner.

Der Mann, der die ganze Zeit über seine Zeitung las, faltet diese nun zusammen und winkt dem Wirt zu. Er scheint korrekt zu sein, zahlt seine Zeche und lächelt nicht einmal ansatzweise. Ob ihn der Inhalt seiner Zeitung so ernst gestimmt hat? Nun steht er auf und schlüpft in sein braunes Sakko. Sorgsam streicht er mit der Hand über sein dunkles, streng gescheiteltes Haar. Ein kurzer Blick durch kleine, randlose Brillengläser trifft mich, als er an meinem Tisch vorübergeht. Er geht mir bis ins Mark. Für einen Sekundenbruchteil fühle ich entsetzliche Angst, Wut und Trauer, und ohne dass ich es beabsichtigt hätte, erscheinen Bilder vom Leben dieses Mannes: ein erbarmungsloses Umfeld in seiner Firma, einsame Stille in einer Stadtwohnung, eine erkaltete Partnerschaft, ein Herz, das so gerne seine Tochter lieben würde und nicht weiß wie ...

Ich wische diese Bilder sogleich wieder weg. Sie entbehren jeder Grundlage, sind Unsinn, aus meiner eigenen Fantasie und Erinnerung geboren. Zurück bleibt großes Mitleid, das sich ausbreitet wie Tinte auf Löschpapier. Ich trinke den letzten Schluck Bier und lache in mich hinein, über mich selbst; ich sollte den Abend genießen, fröhlich sein, doch ich ziehe es vor, Traurigkeit und Mitleid zu zelebrieren. Was bin ich doch für ein eigenartiger Mensch!

Als ich später im Auto sitze, denke ich nochmal über den seltsamen Tag nach. Welches Resümee kann ich ziehen? War es dumm, diesen Berg zu besteigen? Eine Antwort nistet sich in meinem Kopf ein, die nicht von mir zu kommen scheint: *Es ist weder dumm noch klug, auf einen Berg zu steigen, es ist schlicht bedeutungslos. Bedeutung haben nur deine Gefühle.* Und im selben Moment passiert das Paradoxe: Dieser Tag hat nicht das gebracht, was ich von ihm erhofft habe, im Grunde war er ein großer Reinfall. Und dennoch – das weiß ich so sicher wie das Amen in der Kirche – werde ich die Erinnerung an diesen Tag lieben, weil ich jene Gefühle der Traurigkeit und des Mitleids in Liebe übersetzen kann.

In den folgenden Wochen geschehen unglaubliche Dinge – mit Sicherheit nicht zufällig.

Eine Schlagzeile in der Tageszeitung lässt mich aufhorchen: *Leiche des vermissten Bergwanderers gefunden. Vermutlich aufgrund schlechter Sicht war der Wanderer vom Weg abgekommen und über eine 300 m hohe Felswand abgestürzt. Er muss sofort tot gewesen sein. Die Leiche wurde von einem Hirtenhund gefunden. Es wird vermutet, dass es sich dabei um den Vermissten ... handelt. Der bereits von Wildtieren angefressene Leichnam wird derzeit in der Gerichtsmedizin untersucht.*

Was für ein Tod! Unbemerkt von allen, die einem wichtig waren, abzutreten – das befreit einen von der Illusion, seinem Leben im Tod noch einen Sinn geben zu können. Auch ich war bei schlechter Sicht auf den Berg gegangen, ohne ein menschliches Wesen in der Nähe, ohne den erhofften Triumph am Gipfel. Wenn ich nun abgestürzt wäre wie dieser arme Kerl, was hätte die Nachwelt über mich gedacht? „Er hatte immer solche Schnapsideen. Die ließ er sich auch gar nicht ausreden." oder „Wie kann man nur so leichtsinnig sein?" oder „Die arme Familie …" Aber bestimmt hätte niemand gedacht: „Heldenhaft hat er sich gegen das Schicksal gestemmt, doch letztendlich verlor er den Kampf.".

An diesem Tag fasse ich den Entschluss, künftig auf extreme Klettertouren zu verzichten.

Einige Tage später lese ich in einer Internet-Nachricht: *Traditionsgasthaus muss nach fast 20 Jahren schließen. Der Eigentümer Josef Allgeier schrieb seit langem rote Zahlen. Die Zukunft des Gasthauses steht offen.* Daneben ist ein Foto abgebildet, in dem ich den Wirt „meines" Gasthauses vor seinem Anwesen erkenne.

Und als ich wenig später in der Schlange vor der Supermarkt-Kasse stehe, sehe ich jenem Menschen ins Gesicht, der mich damals im Gasthaus mit seinem panischen Blick so sehr erschreckt hat. Ich vermeide es, ihm direkt in die Augen zu sehen. Ich will nicht mit ihm reden. Vielleicht spricht er mich deshalb ganz unverblümt an.

„Ähm – wir kennen uns?", fragt er.

„Ja, ich glaube auch. Aber im Augenblick kann ich mich nicht erinnern, woher", lüge ich.

„Ah! Jetzt fällt es mir wieder ein!", sagt er. „Im Sommer, im Gasthaus unterm Berg …"

„Richtig! Jetzt weiß ich es wieder. Sie haben sehr lange in der Zeitung gelesen."

„Und sie haben ein Bier nach dem anderen getrunken", bemerkt er trocken (ohne zu lächeln).

„Es waren nur zwei – oder drei."

Er ist der Nächste an der Kasse und unser Gespräch muss enden, ehe es richtig begonnen hat. Draußen auf dem Parkplatz begegnen sich unsere Blicke erneut und wieder erschrecke ich. Ich fühle etwas wie einen verzweifelten tonlosen Schrei und wende mich ab aus Angst, von ihm in meine Bestandteile zersetzt und aufgesogen zu werden. Doch inmitten der Angst regte sich ein anderes Gefühl, ganz leise, weniger mächtig, aber umso penetranter: Mitgefühl. Überrascht von mir selbst sage ich etwas völlig Ungeplantes:

„Ähm – Herr ... Jetzt weiß ich gar nicht, wie Sie heißen ..."

Der Mann dreht sich um.

„Haben Sie etwas gesagt?"

„Ja. Entschuldigen Sie. Ich will Sie nicht aufhalten, aber... aber... Ich wollte einfach mal fragen, ob Sie denn mal wieder in die Berge fahren."

Diese Frage ist völlig aus der Luft gegriffen, als ob ich selbst sie gar nicht gestellt hätte, sondern mein Mund, der unabhängig von meinem Willen losgeplappert hat. Ich fühle, wie ich rot anlaufe, und versuche mich mit einem Lächeln aus der Verlegenheit herauszuwinden.

„Nein, ich glaube nicht", kam die Antwort kurz und knapp.

Das war's also dann, denke ich, und ein Teil von mir ist froh, den Rückzug antreten zu können. Doch dann spricht er weiter.

„Damals war ich nur zufällig in der Gegend. Ich hab Abstand gebraucht."

Und plötzlich geschieht etwas Unerwartetes: Er kichert! Nicht laut, aber doch so deutlich, dass man es von einem Schluckauf unterscheiden kann. Wider Erwarten redet er weiter.

„Zu viel Ärger in letzter Zeit ... Und was tu ich? Ich lese diese dämliche Zeitung! Als ob ich dadurch auf andere Gedanken kommen könnte. Steht ja doch nur derselbe Unsinn drin, den ich tagtäglich erlebe." Wieder kichert er. „Ich hätte tun sollen, was Sie getan haben – den Berg hinaufrennen, das Hirn ausschalten! Das wäre wirklicher Abstand von diesem ganzen Stress, der mich krank macht. Entschuldigung, hab mich gar nicht vorgestellt – Clopp, mein Name – Horst Clopp."

Ich reiche ihm meine Hand.

„Krüger, Bernd Krüger. Ich verstehe, was Sie meinen, aber Sie täuschen sich, wenn Sie glauben, ich hätte meinen Kopf frei bekommen."

„Ach ja?"

„Jedenfalls nicht während der Wanderung; es kam etwas später, im Gasthaus."

Herr Clopp schaut auf seine Uhr.

„Schade! Ich habe gerade keine Zeit zum Plaudern. Vielleicht ein anderes Mal?" Wenigstens seine Augen versuchen nun zu lächeln.

„Gerne. Ich fahre am Sonntag wieder in die Berge, nicht dasselbe Ziel, aber derselbe Ausgangpunkt. Und anschließend ins Gasthaus. Wie wär's?"

Herr Clopp ist schon auf dem Weg zu seinem Auto.

„Wäre möglich!" ruft er mir zu. „Ich weiß noch nicht."

Das mit der Bergwanderung am Sonntag ist mir soeben eingefallen. Eigentlich habe ich etwas anderes vor. Mache ich jetzt schon Dates mit fremden Männern aus? Ein Unbehagen beschleicht mich, als hätte ich einen Termin mit meinem Chef vereinbart. Warum tue ich so etwas? Als ob ich nicht schon genug Verpflichtungen hätte!

Während ich mich durch die parkenden Autos auf dem kürzesten Weg zu meinem Wagen zwänge, kommt ein Bus angefahren und hält vor dem Café am Supermarkt an. Als die Türen aufschwingen, steigt eine Reisegruppe aus – lauter Frauen zwischen 60 und 80! Die Jüngeren stützen die Älteren und innerhalb einer Minute haben sie die Terrasse vor dem Café vollständig in Beschlag genommen. Es scheint so, als würden sie ununterbrochen reden und lachen, und es würde mich nicht wundern, wenn sie über mich lachten.

Immer noch hält die Erinnerung an den letzten Sommer an: die angsteinflößenden Momente am stürmischen Gipfel und der darauffolgende Abend im Gasthaus. Ich suche diese Erinnerung, weil sie mir unendlich gut tut. Ich denke mit einem Gefühl daran zurück, so wie man auf sein Elternhaus zurückblickt und sich in Wärme und Sicherheit hüllt, an eine Zeit der Unbeschwertheit, wo man einfach zu wenig wusste, um sich Sorgen zu machen. Es sind nur einige wenige Empfindungen gewesen, die mein Herz an jenem Abend berührt haben und die alles andere in ein helles, freudvolles Licht tauchen. Aus einem beliebigen Wirtshaus ist beinahe ein heiliger Ort geworden. Nur ist meine Erinnerung jetzt nicht mehr ungetrübt, weil ich vor habe – mich verpflichtet fühle! – noch einmal dorthin zu gehen, um einen Herrn Namens Horst Clopp zu treffen. Zuvor gehörte die Erinnerung mir ganz allein, nun hat sich Herr Clopp hineingezwängt.

Ich hadere mit meiner Unentschlossenheit. Es fällt mir unendlich schwer, mir zuzugestehen, dass ich nicht in die Berge fahren muss, nur weil ich diesem Clopp gesagt habe, dass ich nächsten Sonntag dorthin fahre. Einerseits will ich zu meinem Wort stehen, andererseits habe ich Angst vor diesem Clopp – ja, ich habe Angst, er könnte sich als gewalttätig, pervers, geisteskrank, aufdringlich, homophil oder sonst was entpuppen. Und was tu ich dann? Soll ich ihm dann sagen: „Tut mir leid, Herr Clopp, ich habe mich in ihrer Person getäuscht. Ich will nichts mit Ihnen zu tun haben!"? Wer sagt schon so etwas? Aufgrund dieses Konflikts scheue ich mich davor, das „heilige" Gasthaus wieder aufzusuchen, obwohl mir bewusst ist, dass mir Clopp ebenso zu Hause über den Weg laufen könnte, beim Einkaufen, beim Spazierengehen, in einem Lokal ...

Aber geschah es nicht aus einem Gefühl des Mitleids heraus, dass ich ihm ein Treffen vorgeschlagen habe? Was hat mich damals nur geritten, dass ich so etwas tun konnte? Es war wohl eine Entscheidung, bei der ich nicht viel nachgedacht habe. Eine spontane Reaktion, ohne das Gehirn vorher einzuschalten ... Eine Herzensentscheidung vielleicht? Mein Gott! Bin ich etwa so ängstlich, dass ich nicht zu meinen Herzensentscheidungen stehen kann?

Aufgrund dieses Gedankenkarussells dauert es sehr lange, ehe ich Herrn Clopp wiedersehe. Wochen und Monate vergehen. Meine kostbare Erinnerung von damals ist schwächer und schwächer geworden, so oft ich mich auch bemühte, sie wieder zum Leben zu erwecken. Bald hat mein Leben wieder seinen gewohnten Gang, ohne große Sorgen, ohne besondere Höhepunkte. Dann – fast genau ein Jahr nach meinem unbedeutenden Gipfelsturm, wieder an einem Sonntag, fahre ich auf das Gasthaus zu, in dem ich Horst Clopp zum ersten Mal gesehen habe. Warum nun doch?

Ich habe Sehnsucht nach jenem guten Gefühl, ich will es noch einmal spüren! Ich nehme mir vor, alles genau wieder so zu machen wie vor einem Jahr ...

Ich will meinen Wagen exakt am selben Ort abstellen, an dem er vor einem Jahr stand, um die Geschichte möglichst identisch zu wiederholen, aber anders als damals ist heute ein Traumwetter, und die Idee, eine Bergwanderung zu unternehmen, hatten außer mir noch mindestens 200 andere Leute. Ich parke also weit weg vom Gasthaus, als letzter in einer langen stehenden Autoschlange. Bei solch einem Andrang hätte der Wirt das Haus nicht verkaufen müssen, denke ich. Außerdem bemerke ich einen einladenden sonnigen Biergarten, der mir ein Jahr zuvor noch nicht aufgefallen ist. Vielleicht stellt es der neue Besitzer geschickter an, um die Umsatzzahlen in die Höhe zu treiben?

Aus reiner Neugier werfe ich einen Blick hinein in den Gastraum. Es interessiert mich, was aus dem Wirt von damals geworden ist. Aber hier ist kein Mensch, abgesehen vom Personal. Dann gehe ich zu dem Wegweiserkreuz, wo alle Wanderwege ihren Ausgang nehmen, und suche mir eine gemütliche Route aus, die nur zu einer höher gelegenen Alm führt und nicht länger als drei Stunden dauert, und marschiere los. Wie gesagt – ich habe mir geschworen, keine Extremtour mehr zu gehen. Ich bin überrascht, dass meine Beine heute sehr müde sind. Kaum zu glauben, dass ich damals vier Stunden lang in sportlichem Tempo nach oben gerannt bin! Jedes Mal, wenn ich an einem Hinweisschild vorbei komme und die Zeitangabe bis zur Alm lese, kann ich kaum glauben, dass ich erst so kurz unterwegs bin. Trotz des sommerlichen Wetters habe ich keine Freude an meiner Tour. Ich habe keine Sonnenbrille dabei und die Sonne blendet mich ständig, und dieselben Schuhe, die ich damals getragen habe, scheuern an den Fersen; vermutlich habe ich die falschen Socken angezogen. Der Weg ist schmal und Immer wieder muss ich stehen bleiben, um die Wanderer vorbei zu lassen, die von oben kommen. Endlich erreiche ich die Alm. Obwohl ich großen Durst habe, verweile ich nicht. Irgendwie fühle ich heute eine Unruhe in mir, die mir den Sinn für die schöne Landschaft verwehrt. Ich schaue nur auf den Weg und auf die vielen störenden Wanderer, während ich an keiner noch so hinreißenden Aussicht Gefallen finde. Als ich nach 2 ¾ Stunden wieder am Parkplatz ankomme, schmerzen nicht nur meine Füße, sondern auch mein Kopf, wohl eine Folge davon, dass ich weder etwas getrunken habe noch einen Hut dabei hatte.

Ich stehe vor dem Gasthaus und sehe mich um, als ob genau jetzt irgendetwas Besonderes geschehen müsste. Schließlich gehe ich den langen Weg zum Auto und schließe auf. Ich werfe meinen Rucksack auf den Beifahrersitz und überlege einen Moment, ob ich nicht gleich wieder heimfahren soll. Dann schließe ich das Auto doch ab und gehe zum Gasthaus zurück.

Ein Tisch wird gerade frei; ich setze mich und bestelle ein Bier. (Ich wollte ja alles möglichst so machen wie ein Jahr zuvor.) Ich trinke viel zu hastig. Der erst Schluck fühlt sich an wie eine Eiskugel und erschreckt mein Zwerchfell so sehr, dass es anfängt zu zucken und sich auch nach weiteren Schlucken nicht beruhigt. Wut steigt in mir hoch über diesen blöden Einfall, ein Ereignis zu wiederholen, das mir aus irgendeinem Grund angenehm erschienen ist. Als ob ich die ganze Welt mit meinen Wünschen dirigieren könnte und jedem hier eintreffenden Menschen vorschreiben könnte, nach welcher Partitur er in meinem Konzert zu spielen hat!

Mein Magen beginnt zu säuern, die ersten Bissen von meinen Käsespätzle (alles so machen wie vor einem Jahr!) bleiben schon in der Speiseröhre stecken und verursachen Übelkeit.

Als die Bedienung meinen halbvollen Teller abräumt, frage ich, ob der Wirt zu sprechen sei.

„Der hat heute viel zu tun. Was wollen Sie von ihm? Waren Sie nicht zufrieden?"

„Nein nein! Schon gut. Ist nicht so wichtig. Ähm … ich hätte nur gerne gewusst, ob das Gasthaus damals wirklich verkauft worden ist. Es ging ja mal durch die Presse, vor einem Jahr oder so."

„Verkauft? Das heißt es schon seit zehn Jahren. Meistens dann, wenn der Wirt seinen Moralischen hat."

„Seinen was?"

„Seinen Moralischen. Wenn er halt grad mies drauf ist."

„Ach so … Es gehört also noch demselben Wirt wie vor einem Jahr?"

„Ja, dem Allgeier Sepp. Da hat sich nichts geändert. Und zurzeit läuft das Geschäft nicht schlecht."

Mein Magen ist so verkorkst, dass ich erst einmal zur Toilette gehe, um mich zu erleichtern – in welche Richtung auch immer – ehe ich wieder nach Hause fahre. Ich finde das WC-Schild und gehe eine dunkelbraun gefliste Treppe hinunter. Der typische Geruch, eine Mischung aus Urin und Desinfektionsmittel, raubt mir fast den Atem. Mit einem Würgereiz im Hals schiebe ich die Toilettentür auf und stoße beinahe mit einem Herrn zusammen. Er erschrickt genau so wie ich. Es ist dieselbe Gestalt, dasselbe Gesicht, aber ein komplett anderer Blick.

„Ach, das gibt's doch nicht!", sage ich. „Herr Clopp! Mit Ihnen habe ich nicht gerechnet."

„Ah! Sie!", erwidert er mit angesäuerter Miene. Also doch noch der alte Griesgram!

Doch dann sagt er leicht lächelnd: „Nichts wie raus hier! Ein Gestank! Da vergeht einem ja jeglicher Appetit!"

Ich vergesse für einen Moment, warum ich eigentlich hier unten bin, und frage, nur um etwas zu sagen: „Waren Sie heute auch schon auf einem dieser beeindruckenden Gipfel?"

„Nein … Ich wollte! Ja, bis zu der Alm habe ich es geschafft, doch dann habe ich mich dazu verleiten lassen, ein Bier zu trinken. Das hat meinem Magen gar nicht gut getan. Ich hätte es besser wissen müssen. Auf kalte Getränke reagiert mein Magen ungehalten."

„Oh! Da haben wir ja was gemeinsam. Mein Bier ist mir auch nicht bekommen. Es war wohl zu kalt."

„Und ich dachte, Sie wären an Bier gewöhnt."

„So kann man sich täuschen."

In diesem Augenblick kommt aus der Damentoilette eine attraktive Rothaarige auf uns zu und fragt Clopp: „Geht's wieder?"

„Besser", antwortet der kurz und hätte mich wohl kaum vorgestellt, wenn sie nicht fragend zwischen uns hin- und hergeschaut hätte.

„Das ist Herr Krüger. Ein Bekannter. Wir haben uns zufällig getroffen."

Die schöne Dame reicht mir ihre gepflegte Hand mit buntem Nageldesign. „Ich bin die Natalie", stellt sie sich ganz kess vor und zeigt ihre weißen Zähne. „Sehen wir uns noch?"

Weder ich noch Clopp wissen darauf eine passende Antwort.

„Setzen Sie sich doch zu uns an den Tisch, wenn Sie wollen", schlägt Natalie vor. Ihrem Lächeln kann ich unmöglich widerstehen.

„Er muss noch – ähm … sein Magen ist genauso empfindlich wie meiner", deutet Clopp an.

„Oh je! Dann bis gleich!"

Beinahe habe ich vergessen, was mich hierher in die stinkenden Klohallen getrieben hat, so verwirrt war ich. Dass dieser humorlose, depressive Mensch eine so fesche Frau hat, irritiert mich sehr. Das passt einfach nicht in mein Weltbild. Kann es sein, dass er sich in einem Jahr so sehr verändert hat? Wenn ich es mir recht überlege, wirkte er eben gar nicht so abweisend ... Rasch erledige ich mein Geschäft und eile wieder hinauf an die frische Luft. Nach kurzer Suche finde ich Natalie unübersehbar winkend an einem sonnigen Tisch. Ich habe auch gar keine andere Wahl, als mich zu ihr zu setzen, denn inzwischen ist der Gastgarten schon so überfüllt, dass mein Platz längst von anderen besetzt ist. Nicht ohne Neid bemerke ich, dass Natalies Hand auf der von Clopp liegt, so, als wären sie ein Liebes- und kein Ehepaar. Ihre gepflegten Fingernägel haben dieselbe Farbe wie ihre Haare.

„Haben Sie denn gar keinen Appetit?", fragt Natalie scheinbar besorgt.

Ich freue mich, wenn sich eine hübsche Frau um mich sorgt. Wie dumm Männer doch sind!

„Überhaupt nicht! Ich habe meine Käsespätzle kaum angerührt. Vielleicht sollte ich einen Pfefferminztee trinken ..."

„Ja, das habe ich Horst auch schon vorgeschlagen. Bestimmt renken sich eure Mägen wieder ein. Ihr habt einfach zu hastig getrunken. Jetzt trinkt erst mal einen guten heißen Tee! Wär doch schade, wenn wir diesen schönen Tag nicht doch noch genießen könnten. Hallo! Bedienung!"

„Ja?"

„Für die Herren jeweils einen Pfefferminztee und für mich einen Latte Macchiato."

„Noch etwas zu essen, die Herren?"

„Nein!", antwortet Natalie für uns. „Sie haben's mit dem Magen. Vielleicht später."

„Gut, wie Sie wünschen!"

Ohne es zu wollen, fühle ich mich gerade wie ein alter Kumpel von Clopp. Das kommt wohl daher, dass Natalie uns so behandelt, als wären wir es. Ich suche seinen Blick und finde ihn. Und – als hätte ich es erwartet – ist in seinen Augen heute so gar nichts Erschreckendes. Er sieht drein wie ein Hund, der gerade aus dem Tierheim geholt worden ist.

Natalie erinnert mich stark an meine Ex-Freundin. Auch sie beherrschte die Kunst der Koketterie *par excellence*. Dieser Typ Frau bringt es zustande, dass jeder Mann, der sich mit ihr unterhält, irgendwann glaubt, er wäre attraktiv. Es ist so gut wie unmöglich, die Gesellschaft einer solchen Frau abzulehnen. Jetzt, wo ich diesen Mechanismus erkenne, wäre es für mich eigentlich klüger, auf der Stelle die Beine in die Hand zu nehmen und das Weite zu suchen. Will ich mir etwa erneut ein Messer ins Herz rammen? Andererseits – Traumata müssen überwunden werden. Wenn ich jetzt flüchte, werde ich meine Angst und meine Vorurteile gegenüber diesem Typ Frau nie los. Also: nicht so viel denken! Ich bin schließlich nicht meine Vergangenheit.

„Ich wäre ja gerne noch bis zum Gipfel gegangen", schwätzt Natalie, „aber Horst ging es gar nicht gut, gell? Käseweiß war er."

„Ich habe schon den Kaffee heute Morgen nicht gut vertragen …"

„Na! Ob da nicht auch ein bisschen Höhenangst mit im Spiel ist?"

„Nein!", wiegelt Clopp entrüstet ab. „Ich bin absolut schwindelfrei!"

„Ist schon gut! Lass dich nicht ärgern! Ich finde es ja toll, dass du dich überhaupt bereit erklärt hast, mit mir hierher zu fahren, wo du die Berge eigentlich gar nicht magst."

„Tatsächlich?", sage ich und frage mich, warum er dann vor einem Jahr schon einmal hier war. Die Antwort folgt auf den Fuß.

„Horst ist ja eigentlich nur geschäftlich hier." Natalie beugt sich zu mir und flüstert: „Er ist hinter diesem Gasthaus her. Der Wirt ist pleite und wird das Anwesen verkaufen müssen. Eine günstige Gelegenheit. Und wenn ich sehe, was da an einem Tag Umsatz gemacht wird ..."

Horst Clopp ein Immobilienhai! Wer hätte das gedacht? Ich denke an die seltsamen Bilder, die ich bei unserem ersten Zusammentreffen sah: schreckliche Bilder von einer unglücklichen Beziehung zwischen Vater und Tochter ... Wie passt das alles zusammen?

„Natalie!", flüstert Clopp halblaut. „Das muss hier niemand wissen. Ist ja nur so eine Idee, noch gar nicht spruchreif."

„Ich hab schon davon gehört", werfe ich ein. „Doch die Bedienung sagte mir eben, es hänge von den Launen des Wirtes ab, ob das Haus gerade verkauft werden soll oder nicht. Und außerdem – naja, es geht mich nichts an, aber ich glaube, der Wirt hängt sehr an dem Haus; ist wohl uralter Familienbesitz."

„Familienbesitz!", sagt Natalie spöttisch. „Hat **er** Ihnen das erzählt?"

„Ja. Warum?"

„Glauben Sie nicht alles, was man Ihnen sagt."

„Ist alles sehr kompliziert", sagt Clopp und seufzt.

„Jetzt bist du wieder traurig, Schatz, hm?" Natalie gibt Clopp einen Kuss auf die Wange. „Wir wollten auch gar nicht über dieses Thema reden. Ist meine Schuld, ich habe damit angefangen. Aber du wolltest unbedingt hierher; war keine gute Idee."

„Ich habe mir das anders vorgestellt. Ich dachte nicht, dass so viel Betrieb herrscht. Hab irgendwie gedacht, ich könnte mit dem Allgeier mal unter vier Augen reden und ihm ein großzügiges Angebot unterbreiten. Aber unter diesen Umständen …"

„Sie sahen auch das letzte Mal nicht besonders – ähm – motiviert aus", merke ich an.

„Ach ja?", fragt Natalie und ihre dunklen Augen werden noch größer.

„Ja, das kann ich nicht leugnen", gesteht Clopp ein. „Das war nämlich so: Ich traf Herrn Krüger vor einem Jahr genau hier – "

„Vor einem Jahr?" Natalie zieht die Augenbrauen nach oben. „Sieh mal einer an!"

„Ja. Anfang August, wenn du es genau wissen willst", erwidert Clopp unwirsch.

„Soso. Gibt es noch mehr Dinge, die du mir verheimlichst, mein Schatz?"

„Das war kurz bevor ich dich kennen lernte, das war eine unschöne Episode für mich."

„Wie bitte!? Das wird ja immer schöner! Unser Kennenlernen eine unschöne Episode … "

Natalie schafft es nicht, zornig zu sein, so sehr sie sich auch bemüht.

„Nein! Doch nicht das! Natürlich bevor ich dich kennen lernte!"

Clopps hilflose Versuche, seinen Versprecher zu erklären, sind so komisch, dass ich lachen muss. Natalie lacht herzhaft mit.

„Ja! Lacht nur! Ich fand das damals gar nicht zum Lachen. Eigentlich rede ich darüber nicht gerne."

„Und jetzt schon?", fragt Natalie.

Clopp überlegt kurz. „Ja, jetzt schon! Ein Zeuge aus jener Zeit sitzt bei uns am Tisch. Ich kann nicht mehr so tun, als wäre da nichts passiert. Und wer weiß, vielleicht ist es sogar ganz lehrreich für Herrn Krüger. Du weißt doch, wir haben damals nächtelang miteinander geredet."

„Wie könnte ich das vergessen? Mhm. Ja! Könnte sein, dass der ‚Zeuge' davon profitiert", sagt Natalie mit ernsthaftem Gesichtsausdruck.

„Ich war damals in keinem besonders guten Zustand, müssen Sie wissen."

„Jetzt hört doch schon auf mit diesem blöden ‚Sie'! Ich bin – wie gesagt – die Natalie, das ist Horst und du bist ..."

„Bernd", sage ich gehorsam.

„Ist doch super!", freut sich Natalie. „Und darauf trinken wir jetzt! Aber nicht mit Pfefferminztee!" Sie winkt die Bedienung herbei.

„Dreimal Kirschgeist, bitte! – Das ist der beste, den ich je getrunken habe, ihr werdet mir beipflichten."

„Ich zweifle, dass das jetzt das richtige Getränk ist", brummelt Horst und legt sich die Hand auf den – offenbar schmerzenden – Bauch. „Darf ich jetzt weiter erzählen?"

„Nur zu! Ich bin ganz Ohr."

„Also ich habe ... Bernd hier getroffen und dann nochmal später zu Hause, beim Einkaufen. Und irgendwie dachte ich, es tut gut, mit ihm zu reden, einem Mann ..."

„Ist doch schön!", ruft Natalie und tätschelt seine Hand. „Ein Gespräch unter Männern."

Ich muss über Natalies joviale Art lachen. Und ich bin überrascht, wie sehr sich Horst heute von dem Menschen unterscheidet, als den ich ihn kennen lernte. Er ist gelöst, redselig, lächelt dann und wann sogar, ganz anders als der mürrische Kerl, der mir letztes Jahr begegnet ist.

„Ja, so war es!", rufe ich aus. „Irgendwie entstand die Idee, sich wieder hier zu treffen und darum wollte ich auch hierher, weil … Es ist nur immer irgendetwas dazwischen gekommen. Obwohl ich damals gar nicht ahnte, ob Horst überhaupt mit mir reden wollte. Was man halt immer für Ideen hat."

„Doch, ich sah das ganz genauso", pflichtet mir Horst bei. „Ich meine, auch wir Männer haben ab und zu das Bedürfnis, uns auszusprechen – wenn uns die Frauen zu Wort kommen lassen."

„Ooh! Das ist jetzt gemein!", schmollt Natalie. „Ich falle niemandem ins Wort!"

„Na schön!", sagt Horst. „Lassen wir's darauf ankommen. Ich lass mich gerne überraschen. Also, Bernd, willst du wirklich hören, was seit damals alles passiert ist?"

„Versuchen wir's. Wenn's mir zu viel wird, klopfe ich dreimal auf den Tisch."

„Das könnte dann verstanden werden als ‚noch eine Runde!'", sagt Natalie, als unsere Schnäpse gebracht werden. „Aber bevor es los geht: Auf uns!"

„Auf uns!", ruft auch Horst und hebt seinen Klaren hoch, als hätte er nie ein Magenproblem gehabt. „Auf zwei Magenschwächlinge mit einer starken Frau!"

Wir lachen alle drei.

„Wie du dir wahrscheinlich schon gedacht hast, bin ich Immobilienmakler", beginnt Horst Clopp. „Das war nicht immer so –
"

„Das hat sich Bernd bestimmt auch schon gedacht. Wie die meisten Menschen hast du früher mal in die Windel gemacht. Erzähl doch, wie du warst, ehe du mich kennen gelernt hast!"

„Natalie! Jetzt aber … Darauf komm ich noch! – Also, ich war zuvor in einer Steuerkanzlei angestellt. Eigentlich kein schlechter Beruf, ist gut bezahlt und krisensicher. Nur – musste ich bald feststellen, dass ich nicht dafür geeignet war – wenn das überhaupt irgendjemand ist. Mein Arbeitgeber war sehr erfolgreich, weil er finanzkräftige Kunden betreute, solche, die ihre Einkünfte am Finanzamt vorbeimogeln wollten. Und er wusste, wie das geht, auf ganz legale Weise, und verdiente nicht schlecht dabei. Ich spreche von fünfstelligen Honoraren! Die kleineren Fälle, bei denen es um ein paar Hundert Euro ging, durfte ich bearbeiten. Dabei waren die Unterschiede eklatant. Für die großen Konzerne gab es Hunderte von Möglichkeiten, die Steuerschuld fast auf null zu drücken, beim Durchschnittsangestellten keine einzige. Wie gesagt – wir taten nichts Illegales, verlogen war es trotzdem! Viele Investitionen der Konzerne wurden nur deshalb vorgenommen, um dem Finanzamt ein Schnippchen zu schlagen, und nicht etwa, um die Firma zu erweitern. Jeder nur denkbare Zuschuss wurde beantragt, auch wenn man ihn gar nicht brauchte. Die Kunst bestand darin, seine Firma so darzustellen, dass sie die Kriterien eines bestimmten Förderfonds erfüllte. Du musst dir das mal vorstellen! Nicht selten kamen die potenten Stammkunden schwer atmend und völlig aufgelöst in unsere Kanzlei, so dass ich glaubte, etwas Schlimmes sei passiert. Dabei erzählten sie seufzend, wie viel Gewinn sie im letzten Jahr gemacht hätten! Ihre größte Sorge war, das Finanzamt an ihrem Profit teilhaben lassen zu müssen!

Du hörst dir das Tag für Tag an und liest zur selben Zeit, dass viele kleine Unternehmer ihre Betriebe schließen müssen, weil sie die Steuerlast nicht mehr tragen können. Das ist nun mal so! sagte ich mir immer. Ungerechtigkeiten entstehen oft dadurch, dass man Gerechtigkeiten durchsetzen will. Aber das ist nur die Vorgeschichte.

Jaja, Natalie! Ich komme gleich auf den Punkt!

Ich verdiente also ganz gut als Steuerfachangestellter, ich heiratete und wurde stolzer Vater einer Tochter. Alles lief nach Plan ..."

Horst schweigt eine Weile und spricht dann mit veränderter Stimme weiter.

„Es begann schleichend, unmerklich und war doch so präsent, dass ich es nicht leugnen konnte; ein Gefühl, das sich am besten mit dem vergleichen lässt, das man als Kind hatte, wenn man etwas ausgefressen hatte und es den Eltern verheimlichen wollte. Man wusste genau, dass sie es niemals von selbst erfahren konnten, aber dennoch verhielt man sich so, als wüssten sie es bereits. Bis dann irgendwann der Druck zu groß wurde und man gerne bereit war, jede Strafe auf sich zu nehmen, nur um dieses niederdrückende Gefühl wieder los zu werden. Man gestand und war dankbar für die Bestrafung.

Aber was sollte ich gestehen? Dass ich meinen Job tat, im Einklang mit den Gesetzen, und loyal zu meinem Arbeitgeber stand? Dass ich Überstunden machte, um meiner Familie die teure Stadtwohnung kaufen zu können? Dass ich selber jeden Cent versteuerte, sogar die Trinkgelder?

Im Laufe der Jahre veränderte ich mich. Es ist nicht so, dass mir das damals bewusst war, erst viel später begriff ich, dass es so war. Ich wurde ernster. Ich sprach weniger. Ich wurde reizbarer. Ich lachte nicht mehr. Dabei glaubte ich allen Ernstes, ich wäre immer Derselbe geblieben, und nicht ich, sondern meine Frau würde sich verändern! Sie spiegelte mein Verhalten wieder, doch ich sah es nicht. Ich glaubte immer, sie müsse sich verändern, damit alles wieder so wird wie früher.

Zuerst machte ich ihr wegen Kleinigkeiten Vorwürfe, dass sie zu teuer einkaufte, dass sie die Wäsche nicht ordentlich bügelte, dass sie unsere Tochter zu sehr verwöhnte, dass sie zu viel Zeit mit ihrer Freundin verbrachte usw. Naja, die ganze Palette an alltäglichem Krimskrams, völlig unbedeutend! Heute sehe ich, dass sie nichts anderes tat als zu Beginn unserer Ehe, so wie ich faktisch nichts anderes tat als früher, aber **mein Bewusstsein hatte sich geändert.** Meine Frau spürte diese Veränderung, wahrscheinlich sogar früher als ich. Vergeblich versuchte sie mir zu erklären, was in unserer Beziehung falsch lief. Ich verstand ihre Argumente nicht, weil ich nicht bereit war, mein eigenes Verhalten in Frage zu stellen. Ich wollte im Grunde gar keine Versöhnung! Es war, als wollte ich uns beweisen, dass das Leben gänzlich böse sei. Ich suhlte mich in Selbstmitleid und meine Frau reagierte mit Traurigkeit und Hilflosigkeit.

Es kam, wie es kommen musste, nach 15 Jahren Ehe wollte sie sich von mir trennen und für mich brach eine Welt zusammen. Ich hatte mir doch nichts vorzuwerfen! Ich trank nicht, ich spielte nicht, war kein Choleriker … ich liebte meine Tochter …

Und so kam es, dass wir uns scheiden ließen. Und lange Zeit wusste ich nicht, wie es dazu kommen konnte. Was hatte ich nur falsch gemacht? Dann stieß ich auf ein Buch – *Die Macht des Unterbewusstseins* – von Dr. Joseph Murphy. Du kennst es wahrscheinlich …?"

„Ja – das heißt, ich hab den Titel schon oft gehört."

„Man könnte das Buch lesen und sein Leben weiterleben wie bisher; so machen es wohl die meisten. Doch bei mir war das anders. Es ergaben sich Änderungen, die nicht zufällig eintreten konnten.

Ich nahm die Ratschläge Dr. Murphys sehr ernst und begann, mein Bewusstsein zu schärfen. Immer wenn ich negative Gedanken bemerkte, steuerte ich dagegen und sagte mir: **Ich könnte auch auf das Positive an dieser Sache schauen.**

Es funktionierte nicht immer. Aber immer wieder. Und schon ganz bald, nachdem ich mit dieser Methode anfing, um mein Leben wieder in den Griff zu bekommen, erhielt ich einen Brief von meiner 14jährigen Tochter, in dem sie mir mit herzzerreißender Offenheit mitteilte, dass ich ihr fehlte. Ich heulte Rotz und Wasser und antwortete ihr, dass ich sie gerne öfter bei mir hätte. Seit diesem Tag sehe ich sie regelmäßig – fast so oft wie früher.

Und dann passierten weitere unglaubliche Dinge! Meine Abneigung gegen meinen Beruf verstärkte sich zusehends. Wie so viele Leute, begann ich mich darüber zu ärgern, jeden Morgen aufs Neue, dass ich in mein Büro gehen musste, um andere Leute übers Ohr zu hauen. Und je mehr ich mich ärgerte, umso schlimmer wurde es. Bald kamen nur noch Klienten aus der Oberschicht zu uns, die sich nicht scheuten, alle Tricks einzusetzen, um keine Steuern zu zahlen. Mein Chef rieb sich vor Vergnügen die Hände, aber ich schämte mich. Als mir bewusst wurde, dass ich mit meiner Rolle in unserer Kanzlei immer schlechter klar kam, wendete ich Murphys Regeln an und bemühte mich, das Positive daran zu sehen. Ich erlaubte mir, die Kanzlei in einem anderen Licht zu betrachten. Es konnte doch nicht alles daran schlecht sein! Es gibt nichts auf dieser Welt, was nur gut oder nur schlecht ist.

Und plötzlich entdeckte ich Zusammenhänge, für die ich zuvor absolut blind gewesen war. Ich registrierte, dass wir Firmen unter unseren Kunden hatten, die nur deshalb Steuer sparen wollten, weil sie ihre Gewinne vollständig nach sozialen oder ökologischen Gesichtspunkten investieren wollten. Genossenschaftsbanken waren dabei, Öko-Landwirte, Energie-Produzenten, und jede Menge Privatpersonen. Da dachte ich mir: Es ist doch beileibe kein Verbrechen, dem Staat, der nach wie vor große Mengen des Steueraufkommens in die Förderung von Massentierhaltung, unnötige Großbauten und militärische Unternehmungen steckt, Geld zu entziehen, um wirklich sinnvolle, nachhaltige Projekte damit zu finanzieren."

„Zweifellos!"

„Ich durchforstete ohne besondere Absicht die Steuererklärungen dieser Firmen und meine Abneigung gegen unsere Kanzlei schmolz dahin wie Eiscreme bei Sonnenschein. Ohne große Mühe fand ich mehrere Möglichkeiten, noch mehr Steuern zu sparen. Ich unterhielt mich mit meinem Chef darüber und er war von meinen Ideen so beeindruckt, dass er mir einige dieser Firmen zur verantwortlichen Sachbearbeitung übertrug. Meine alte Gewohnheit, den Tag mit einem Fluch auf den Lippen zu beginnen, war nicht von heute auf morgen vergangen, aber immer häufiger stellte ich fest, dass ich mich auf meine Arbeit freute und mit einem Lied auf den Lippen in die Kanzlei fuhr."

Ich schüttele den Kopf.

„Eine schöne Geschichte. Aber wie lange hält so was an? Man kennt das doch: Zu Beginn ist die Euphorie groß, aber spätestens nach zwei Wochen ist nur noch ein Bruchteil davon übrig und die alten Gewohnheiten holen einen wieder ein."

„Da ist eben Disziplin gefragt, mein Guter! Bestimmt hast du schon mal davon gehört, dass man ein Tagebuch führen sollte, am besten ein Glücks-Tagebuch, in dem man täglich mindestens drei Ereignisse festhält, die einem Freude bereitet haben. Natürlich kennst du das; jeder kennt das! Aber kaum einer tut es!"

„Und du tust es?"

Natürlich! Allerdings gebe ich zu, dass ich manchmal nachlässig werde. Du erinnerst dich an unsere erste Begegnung? Ich war damals in einer miserablen Stimmung. Und warum?"

„Lass mich raten! Du hast dein Glückstagebuch vernachlässigt."

„Exakt! Ich ließ es mehrere Wochen total schleifen. Ich las wieder öfter die Tageszeitung und nach kurzer Zeit glaubte ich wieder an den ganzen Unsinn darin. Und schon schlichen sich alte Gewohnheiten ein. Ich versuchte meine Probleme mit dem Kopf zu lösen, was natürlich nicht funktioniert."

„Warum sollte das nicht funktionieren?"

Natalie kichert leise vor sich hin, als hätte ich eine dumme Frage gestellt.

„Ich werd's dir erklären. Stell dir dein Gehirn vor wie einen Computer. Stell dir vor, dein Kopf wurde mit einem Betriebssystem ausgeliefert, das die meisten anderen Köpfe auch in sich tragen. Und alles, was du erlebst und lernst, wird darauf gespeichert. Du machst all die Dinge, für die dein Betriebssystem erstellt wurde, und das funktioniert auch ganz wunderbar und mit regelmäßigen Updates wirst du richtig gut und zuverlässig. Aber sobald eine Sache richtig schwierig wird, wenn du z.B. versuchst, an unbewusste Quellen zu gelangen, fehlen dir die Möglichkeiten, um mit dieser Sache umzugehen."

„Ich glaube, ich verstehe. Du meinst, für bestimmte Dinge bräuchte ich eine andere Programmierung oder sogar ein anderes Betriebssystem."

„Genau! Erst dieses neue Betriebssystem versetzt dich in die Lage, Dinge wahrzunehmen, die du vorher nicht sehen konntest. Ich verdeutliche es mit einem Beispiel: Wenn Du in einer Gegend wohnst, in der es nie schneit, brauchst du keine Kenntnisse vom Schifahren. Du kannst dir nicht einmal vorstellen, dass es so etwas wie Schier gibt. Oder wenn du in einer Wüste lebst, besteht für dich keinerlei Notwendigkeit, schwimmen zu lernen. Wozu auch? Dann könnte es geschehen, dass du, wenn nach einem Regenguss ein Fluss über die Ufer tritt, gar nicht auf die Idee kommst, es wäre nötig zu schwimmen, und du ertrinkst."

„Gut, das habe ich jetzt verstanden. Aber warum sollte es nicht funktionieren, alltägliche Probleme mit dem Kopf zu lösen?"

„Ich will nicht ausschließen, dass du durch Nachdenken eine Lösung findest. Aber das ist selten eine besonders gute Lösung. Du hast ja nur Daten über Ereignisse in deinem Kopf, die du bereits kennst. Dein Gehirn hat bestimmte Lösungswege gespeichert, die in der Vergangenheit funktioniert haben, daher wird es jedes neue Problem zuerst mit den bekannten Strategien zu lösen versuchen. Obwohl es in der Lage ist, alle Daten miteinander zu vernetzen, wird es keine neue Strategie entwickeln können. Ihm bleibt immer nur der altbekannte Mechanismus von Versuch und Irrtum. Und ehe du damit auf eine Lösung kommst, kann es dauern."

„O.K."

„Zurück zu meiner Geschichte. Dadurch, dass ich mir angewöhnte, nur auf die schönen Dinge zu schauen, gab es nichts mehr, was mich ‚runter zog'. Ich geriet kaum noch in diese destruktiven Stimmungen, in denen man nichts mehr zustande bringt und beständig daran arbeitet, sich sein eigenes Grab zu schaufeln. Ich war insgesamt energiegeladener als früher. Darum konnte ich mehr leisten. Ich arbeitete effektiver, weil ich Spaß an der Arbeit hatte."

„Kaum zu glauben! Als ich dich vor einem Jahr hier traf, warst du so mies drauf, dass ich beinahe Angst vor dir bekam."

„Dem ging eine Episode in meinem Leben voraus, die sehr schmerzhaft war, aber die ich nicht missen möchte."

„Du musst das nicht erzählen, Horst!", sagt Natalie und drückt seinen Arm.

„Ich weiß, ich weiß. Keine Sorge, ich bin drüber hinweg, glaub mir."

„Jetzt bin ich aber gespannt", merke ich an. „aber wenn es dir sehr unangenehm ist ..."

„Ist schon in Ordnung. Es ging damals um ein Problem mit meiner Tochter. Wie ich schon erwähnte, hatten wir lange Zeit einen guten Draht zueinander. Doch irgendwie hatte sie immer weniger Zeit für Besuche. Wenn wir uns trafen, war sie unaufmerksam, fahrig und immer mit ihrem Handy beschäftigt. Ich ließ den strengen Vater raushängen und stellte sie zur Rede. Doch anstatt zur Vernunft zu kommen, mied sie mich von da an noch mehr. Sie geriet in Kreise, die mir so ganz und gar nicht zusagten. Ich dachte, sie wäre gefestigt genug, um nicht auf diese Peer-Gruppen hereinzufallen, aber das war eine Fehleinschätzung. Sie ... sie kam fast jeden Tag angetrunken nach Hause – mit vierzehn! – und ihre Leistungen in der Schule wurden immer schlechter. Mit ihr vernünftig zu reden war unmöglich. Stattdessen starrte sie den ganzen Tag in ihr Handy, mit diesen Stöpseln in den Ohren. Es war so, als wäre sie gar nicht anwesend. Ich glaube, wenn sie tot gewesen wäre, hätte ich eher damit klar kommen können als mit diesem Zustand."

Er schüttelt den Kopf. Ich spüre, dass er sich immer noch fragt, wie es so weit kommen konnte.

„Und dann – übrigens kurz nach unserer Begegnung im Gasthaus – nahm ich mir vor, meine schrecklichen Gedanken, die noch weit schlimmer waren, als das, was sich tatsächlich ereignete, wieder in den Griff zu bekommen und zu vertreiben. Du musst wissen, in meiner Fantasie war meine Tochter bereits drogenabhängig und kriminell! Ich sah sie schon in irgendeiner Tiefgarage liegen, tot, von einer Überdosis dahingerafft ... Ähm – ich darf nicht unerwähnt lassen, dass ich in Natalie eine unersetzliche Stütze hatte ..."

„Danke!", haucht Natalie.

„Ich veränderte meine Gedanken, ganz bewusst. Ich führte mein Dankbarkeitstagebuch wieder fort. Wofür sollte ich dankbar sein, wirst du dich fragen ... Ich fand immer etwas. Unter anderem etwas sehr Wichtiges! Ich dankte dafür, dass ich diese furchtbaren Tagträume nur aus dem einen Grund erlebte, weil ich meine Tochter liebte. Ich wollte sie glücklich sehen, weil ich sie liebte! Ich dankte Gott dafür, dass er mir eine Tochter schenkte, die mich jeden Tag daran erinnerte, in welchem Maße ich zur Liebe fähig war. Das ist das Allerwichtigste!"

„Wow! Ich bin beeindruckt! Und das hat geholfen?"

„Na, was denkst du denn? Die erste Veränderung passierte unverzüglich! Ich spürte, dass ich nicht mehr wütend auf sie war oder auf diese Clique, in der sie sich rumtrieb. Ich war in Frieden mit allem und sagte mir, dass ich getan hatte, was mir möglich war, um sie glücklich zu machen. Das heißt jetzt nicht, dass ich das Bestmögliche getan hätte. Ich dachte über Vieles nach, was ich falsch gemacht hatte und aus heutiger Sicht besser hätte machen können. Aber das nützte nichts. Ich war eben ein durchschnittlicher Vater, kein Über-Vater und kein Rabenvater. Irgendwas dazwischen, nehme ich an. Und alle Selbstvorwürfe änderten daran nichts. Also – wie gesagt – die Veränderung meiner Gedanken verschaffte mir Frieden. Dann geschah etwas Wunderbares.

Sie rief mich an und fragte mich, wie es mir so geht. Ich wusste zuerst nicht, was ich davon halten sollte, und sagte, im Grunde ganz gut, aber dass es mir besser gehen würde, wenn ich wüsste, dass sie glücklich sei. Sie antwortete, dass sie wüsste, was ich von ihr erwarte. Und ich betonte, dass ich immer an sie denke, auch wenn ich es nicht sage, weil ich viel zu arbeiten habe. Ich begann über die schönen Zeiten mit uns beiden zusammen zu reden. Und da sagte sie, sie konnte es nicht ertragen zu beobachten, wie sehr ich mich um sie bemühte, auch wenn ich eigentlich gar keine Zeit für sie hätte. Es kam ihr vor, als wäre sie eine große Last für mich."

„Damit hatte sie wohl recht …", warf Natalie ein.

„Und wie! Sie sah, wie ich die Treffen mit ihr in einen straffen Zeitplan quetschte und dabei bestimmt nicht glücklich aussah. Ich tat nur so und das hat sie sofort durchschaut. Darum fühlte sie sich schuldig, und darum ist sie in diese Clique geflüchtet, wo jeder jedem egal ist, wie sie es ausdrückte. Und deshalb ist sie nicht mehr zu mir gekommen – um mich und sich nicht weiter zu belasten.

Mir fiel während unseres Gesprächs spontan jener Satz ein, den ein Unbekannter im Warschauer Getto an die Wand gekritzelt hatte:

Ich glaube an die Sonne, auch wenn sie nicht scheint.
Ich glaube an die Liebe, auch wenn ich sie nicht spüre.
Ich glaube an Gott, auch wenn ich ihn nicht sehe.

und sagte ihn ihr. Sie schwieg und weinte ein bisschen, glaube ich. Dann sagte sie nur noch: ‚Schön, mit dir zu reden.' "

Jetzt ist es ganz offensichtlich Horst, der ein bisschen weint. Ich habe selbst mit Tränen zu kämpfen und sage schnell etwas, um mich abzulenken.

„Und dann? Hat sie ihr Leben dann geändert?"

„Hat sie …", schluchzt Horst. „Sie ist jetzt wieder eine gute Schülerin, ist freundlich und aufgeschlossen. Kaum zu glauben, wenn man sie vorher erlebt hat."

„Und du? Hast du dir nun mehr Zeit für sie genommen?"

„Das ist das Wunderbare. Ich kann es nicht erklären. Ich habe an meinem Terminplan nichts verändert. Und trotzdem sahen wir uns öfter als zuvor und unsere Treffen waren sehr entspannt und fröhlich. Ich meine, der einzige Unterschied zu vorher bestand darin, dass ich keine Angst mehr davor hatte."

„Wieso Angst?"

„Angst, etwas Falsches zu sagen, Angst, ein schlechter Unterhalter zu sein, Angst, von ihr abgelehnt zu werden … Weißt du, vor lauter Angst habe ich vergessen, **wie wundervoll der Mensch ist, den man liebt.**"

„Und was, meinst du, hat diese Veränderung bewirkt? Doch nicht etwa nur deine Gedankenübungen?"

„Doch! Das ist es ja, was ich dir die ganze Zeit über sagen will! **Unsere Gedanken schaffen unsere Realität!** Ist doch auch logisch. Ich erkenne in meiner großen Verzweiflung, dass ich meine Tochter liebe, und sie spürt das! Sie ruft mich an, um herauszufinden, ob es stimmt, dass ich sie liebe. Warum gerade jetzt? Als mir bewusst wurde, dass ich sie liebe, hat sie sofort reagiert. Verstehst du das? Alles dreht sich immer nur darum. Jeder von uns will geliebt werden und darin sind wir mit allem verbunden. **Wenn du es fertig bringst, alle und alles zu lieben, hast du die Welt erlöst.**"

Diese Weisheit ist zu starker Tobak für mich. Ich sträube mich vehement dagegen, diese Milchmädchenrechnung zu akzeptieren. Meine Tränen versiegen im Nu. Lieben und geliebt zu werden – bla bla bla! Das habe ich zu oft gehört, als dass es noch irgendeine Reaktion in mir hervorrufen würde. Ich gebe mir Mühe, nicht die Augen zu verdrehen.

„Schön", sage ich trocken. „Das mit deiner Tochter ist also in Butter. Und jetzt wendest du deine Strategie auf deinen neuen Beruf des Immobilienmaklers an?"

Horst runzelt die Stirn.

„Ich bin mir nicht sicher, ob du alles richtig verstanden hast. Am Ende glaubst du, ich habe ein System erfunden, das mich in die Lage versetzt, Menschen zu manipulieren."

„Ja, so etwas Ähnliches kam mir in den Sinn."

„Dachte ich mir. Puh! Also – ich lebe nach einem Grundsatz, der sich auf alles anwenden lässt. Dieser Grundsatz lautet: Lass es sein, wenn es nicht **für alle** das Beste ist, denn, wenn ich einem anderen schade, schade ich mir selbst; das ist ein Naturgesetz."

„Also gibst du dem Wirt für sein Gasthaus eine so große Summe, dass er gerne verkauft, und du bist anschließend pleite?"

„Dann wäre ich nicht glücklich und damit wäre auch der Wirt nicht glücklich und nichts wäre gewonnen. Nein, es läuft anders. Warte! Ich zeige es dir an einem Beispiel. Bedienung!"

Das junge Fräulein kommt herbei.

„Ja, bitte?"

„Ich möchte zahlen, bitte!"

„Alles zusammen?"

Sie zieht ihre Tasche und einen Zettelblock heraus. „Also, dann hatten wir…"

Am Ende kommt ein Betrag von 32 Euro und 15 Cent heraus.

Horst Clopp zieht einen Fünfziger heraus und sagt: „Stimmt so."

Das Fräulein schaut erstaunt drein.

„Sind Sie sicher?"

„Ja, und ich werde Ihnen auch erklären, warum Sie ein so hohes Trinkgeld bekommen. Sie haben Ihre Sache gut gemacht, schließlich ist heute viel los und Sie waren trotzdem schnell, aufmerksam und freundlich. Aber der andere Grund dafür ist der, dass es mir heute großen Spaß gemacht hat, mit zwei lieben Menschen zu plaudern. Daher ist es mir ein Bedürfnis, etwas von meiner Freude weiterzugeben. Außerdem kann ich es mir derzeit leisten, großzügig zu sein. Ich gehe davon aus, dass Sie kein Problem damit haben, ein hohes Trinkgeld anzunehmen?"

„Nein, natürlich nicht. Oder – sind Sie am Ende von der Steuer?"

Horst lacht. „Nein! Jedenfalls nicht von **der** Art Steuer. Keine Sorge! Nehmen Sie das Geld und Schwamm drüber!"

„Dann – herzlichen Dank!", sagt sie und geht beschwingt zum nächsten Tisch.

„Also gut", sage ich. „Ich danke dir für die Einladung! Aber was willst du mir damit zeigen?"

„Wenn du vorhin aufgepasst hättest, wüsstest du es. Ich wollte dir zeigen, dass es immer eine gute Möglichkeit gibt, mit einer Tat mehr Menschen als sich allein glücklich zu machen. Ich hätte der Bedienung nur das üblich Trinkgeld von 2 Euro geben können, dann hätte ich vielleicht sagen können: O.K., ich bin satt geworden und hab nicht zu viel Geld ausgegeben. Aber 18 Euro mehr oder weniger zu haben, spielt für mich überhaupt keine Rolle. Das mag bei dem Mädchen anders sein."

„Aber wenn sich jeder so verhalten würde, hätten wir bald eine Anstandsregel, die uns dazu verpflichtet, nicht mehr 5 %, sondern 30 % an Trinkgeld herzugeben. Und das kann sich auch nicht jeder leisten."

„Unsinn! Regeln sind dazu da, um gebrochen zu werden. Es verlangt nur ein bisschen Mut. Wenn du einen miesen Tag hast und knapp bei Kasse bist, gibst du halt kein Trinkgeld. Warum sollte man das der Bedienung nicht erklären können? Ich sag dir, warum! Weil es zur Regel geworden ist, sich dafür zu schämen, wenn es einem nicht gut geht oder wenn man ein armer ‚Schlucker' ist. Wenn du einen alten Bekannten auf der Straße triffst und fragst ihn, wie es ihm geht, wird er fast immer ‚Danke, gut!' antworten, obwohl es gar nicht stimmt."

„Ich kann Dir nicht folgen ... Manchmal will man halt nicht reden. Was ist schon dabei?"

„Aber das ist doch genau die Crux! Wir fühlen uns, als wären wir ein Schaf in einem Wolfsrudel. Darum versuchen wir, uns mit einer Wolfsmaske zu tarnen, damit wir nicht auffallen."

„Sozusagen das Schaf im Wolfspelz."

„Haha! Genau! Ist das nicht krank?"

„Naja. Wenn die Tarnung des Schafes auffliegt, ist es das gewesen."

„Aber nur, wenn es sich tatsächlich unter Wölfen befindet."

„Tut es das denn nicht?"

„Wenn du es glaubst, ist es so."

Wieder fällt mir nichts anderes ein, als einen tiefen Seufzer los zu lassen.

Natalie, die bis jetzt wie versprochen geschwiegen hat, kann sich jetzt nicht mehr zurück halten.

„Aber Horst! Was du dem armen Bernd heute zumutest, ist einfach zu viel!"

Wie zum Trost streicht sie mir über den Arm.

Horst Clopp kippt entschuldigend die Handflächen nach oben.

„Er wollte doch alles wissen!"

„Bernd", sagt sie nun zu mir. „Ich weiß, dass das alles schwer zu verdauen ist. Lass dir Zeit damit. Auch bei mir hat es lange gedauert, gewisse Wahrheiten zu begreifen – "

„Und es dauert noch!", ruft Horst dazwischen.

„ – und das ist durchaus verständlich. Wir sind alle mit der Vorstellung aufgewachsen, in ein gefährliches Wolfsrudel hinein geboren worden zu sein. Wir haben diese Idee quasi mit der Muttermilch aufgesogen. Von heute auf morgen können wir unsere Glaubenssätze nicht auswechseln. Darum – lass dir viel Zeit! Aber bleib am Ball – es lohnt sich! Und letztlich setzt sich die Wahrheit durch, ob du willst oder nicht."

Ich fühle mich in diesem Moment wie ein Bub, der gerade die erste Lektion in Sachen Aufklärung erhalten hat.

„Alles gut und schön, aber was genau ist jetzt die Wahrheit?"

Horst öffnet schon den Mund und hätte wohl einen längeren Vortrag vom Zaum gelassen, doch Natalie kommt ihm zuvor.

„Fürs Erste merke dir: **Die Welt gehorcht deinen Gedanken. O.K.?**"

Ich nicke, nur um nicht noch mehr von dem esoterischen Kram hören zu müssen.

„Gut. Dann – "

„Wir werden jetzt aufbrechen, nicht wahr, Horst?", unterbricht ihn Natalie abrupt und steht auf. Horst scheint genauso überrascht wie ich.

„Äh – ja, natürlich! Also Bernd, du erzählst mir dann von deinen Erfahrungen in der nächsten Zeit. Ich freu mich drauf!"

Aufmunternd streckt er seinen Daumen nach oben.

„Ich auch! Toi toi!", sagt Natalie und zwinkert mir zu.

Als ich in meinem Auto sitze, steigt von Neuem Wut in mir hoch. Ich bin äußerst unzufrieden. Schon die Bergwanderung war zu kurz und zu hektisch, um mir Frieden zu verschaffen, mein Magen ist verkorkst und das Gespräch mit Horst Clopp und seiner Natalie war befremdlich. Ich habe große Lust, mich zu Hause in meine vier Wände einzuschließen. Ich will mit diesen weltfremden Theorien über das Glücklichwerden nichts zu tun haben. Das Leben ist nun mal, wie es ist. Das haben schon ganz andere Leute versucht, mit klugen Sprüchen etwas daran zu ändern, dass die Menschen im Schweiße ihres Angesichts ihr Brot essen müssen. Die Leute, die Bücher darüber schreiben, wie man diesem biblischen Urteil entrinnen könnte, sind doch im Grunde Betrüger, die aus der Not der Menschen auch noch Kapital schlagen. Mit Gedanken die Welt verändern – so ein ausgemachter Unsinn! Klar wäre das praktisch; das möchte doch ein jeder. Aber ich weiß, dass das ist alles Hokuspokus ist. Ehrliche Arbeit ist immer noch die beste Grundlage für Wohlstand und Glück.

Einige Wochen später liege ich an einem Sonntagmorgen im Bett und frage mich, warum ich aufstehen soll. Dabei fühle ich mich in keiner Weise depressiv. Ich finde sogar, dass ich an diesem Morgen geistig äußerst rege bin, so vernünftig wie selten.

Ja – warum sollte ich aufstehen? Um dasselbe zu tun wie an jedem anderen Tag? Waschen, frühstücken, putzen, lesen, kochen, spazieren gehen, fernsehen ... Dafür soll ich geboren worden sein? Dafür hatte mich meine Mutter unter grausamen Schmerzen aus dem Bauch gepresst? Dafür habe ich 13 Jahre lang die Schulbank gedrückt und allen möglichen Unsinn in mein Hirn gestopft?

Schließlich – gegen Mittag – regt sich mein leerer Magen. Ich raffe mich auf und sage mir: Hunger habe ich definitiv, und das ist ein sehr konkretes und sinnvolles Gefühl, also esse ich etwas. Es hat keinen Sinn, Hunger zu leugnen.

Während ich – wie fast jeden Morgen – meinen Kaffee schlürfe und mein Marmeladenbrötchen esse, beobachte ich einen Gartenrotschwanz auf dem Haselstrauch vor dem Fenster. Wie schwerelos fliegt er von Ast zu Ast, schaut neugierig umher, verschwindet für einige Sekunden und kommt wieder zurück und tut so, als wäre er der geschäftigste Vogel auf der ganzen Welt. Ab und zu pickt er hektisch an einem Zweig herum. Was der sich wohl gerade denkt? frage ich mich. Vogel müsste man sein, einfach den ganzen Tag nach Körnern und Insekten suchen und sonst nichts tun müssen. In diesem Moment beiße ich von meiner Vollkornsemmel ab und einige Körner fallen auf den Teller.

Wo liegt der Unterschied zwischen dem Vögelchen und mir?

Ich mache etwas, was ich beim Aufwachen als unmöglich abgetan hätte – ich rufe Horst Clopp an. Warum? Weil ich mit jemandem reden muss, weil ich es jenem Vogel gleich tun will, der alles, was er erlebt, unverzüglich mitteilt. Ich will ab und zu auch mal spontan sein ... Vielleicht läuft das Leben auf diese ungefilterte Art besser als durch das Raster des Nachdenkens und der Sinnanalyse betrachtet.

Wen hätte ich denn sonst anrufen können? Meine Arbeitskollegen sind Arbeitskollegen und mein Privatleben ist privat, so will ich das auch in Zukunft halten. Meine Nachbarn? Hmm ... Mit denen habe ich noch nie etwas Privates besprochen. Freunde, Verwandte? Weit weg. Wenn ich es recht bedenke, bin ich ein ziemlich einsamer Mensch.

Eine weibliche Stimme meldet sich – Natalie. Mein Herz schlägt bis in den Hals. Als ob ich es geahnt hätte!

„Ach Bernd, du bist es! ... Nein, Horst ist nicht da. Verwandtenbesuch ... Wie geht's dir?"

„Ach ... ich hatte gerade so eine Eingebung, da wollte ich den Horst was fragen ... nicht so wichtig."

„Und mit mir kannst du nichts anfangen, oder wie?"

Ist sie etwa tatsächlich eingeschnappt oder tut sie nur so?

„Ich weiß nicht ... das heißt – ja, natürlich! Warum nicht?"

Ich kann ihr ja wohl kaum ins Gesicht sagen, dass ich sowieso viel lieber mit ihr spreche.

„Also dann – ich hab nichts vor! Komm rüber, du weißt ja, wo wir wohnen."

Und so sitze ich eine halbe Stunde später mit Natalie zusammen auf dem Balkon ihrer Wohnung und trinke eine weitere Tasse Kaffee.

„Soso. Du willst also wissen, was der Unterschied zwischen dir und einem Gartenrotschwanz ist", zitiert sie mich nicht ohne Spott in der Stimme. „Aber woher willst du wissen, wie sich der kleine Piepmatz fühlt? Du weißt ja gar nicht, was er sagt. Es könnte ja sein, dass er unentwegt ruft: Ich habe Kopfweh! Mir ist schlecht! Ich fühl mich einsam!"

„Ja, das könnte natürlich sein. Aber so verzweifelt sieht er nicht aus. Ich gehe eher davon aus, dass er singt. Jeder

Mensch geht doch davon aus, dass die Vögel singen; oder sich wenigstens singend unterhalten."

„Na gut. Lassen wir das mal so stehen. Warum singst du eigentlich nicht?"

„Ähm … ich kann nicht singen. Gut – ein bisschen schon, aber bestimmt nicht so schön wie ein Vogel."

„Ist ja auch logisch. Der Gartenrotschwanz entstammt einer langen Ahnenreihe von Sängern und er tut seit seiner Geburt nichts anderes als zu singen. Wie könnte er etwas anderes sein als ein guter Sänger? Wenn du so viel üben würdest wie er, könnte sich das schon hören lassen, meine ich."

Ob ich will oder nicht – ich muss ihr zustimmen. Sie ist tiefsinniger als ich dachte.

„Aber der gravierendste Unterschied besteht in der Flugfähigkeit", redet sie weiter. „Da kannst du nicht mithalten, und wenn du noch so viel übst."

„Ich könnte ja in ein Flugzeug steigen, wenn ich wollte."

„Ja, aber das ist ganz was anderes. So ein tonnenschwerer Koloss hängt in der Luft und wartet nur darauf abzustürzen. Wohingegen so ein Vögelchen keine Schwerkraft zu kennen scheint, es lässt sich vom Wind tragen, wohin es möchte. Es fliegt so federleicht wie sein Gesang."

Vor lauter Begeisterung streckt sie selbst die Arme aus und wiegt sie auf und ab.

„Ja, wenn wir fliegen könnten wie ein Vogel!", rufe ich. „Dann fühlten wir uns vielleicht auch so frei wie ein Vogel und würden vor lauter Freude den ganzen Tag singen."

„Wir hätten uns so schnell daran gewöhnt, dass es bald nichts Besonderes mehr wäre. Wir würden dann Flugwettbewerbe abhalten, damit wir uns aus der gewöhnlichen Masse abheben können. Die Vögel tun das nicht!" Natalie hebt ihren Zeigefinger. „Obwohl ihnen der ganze Himmel gehört, finden sich die Vögel immer zu Schwärmen zusammen. Nur äußerst selten siehst du einen Vogel alleine fliegen."

„Das stimmt …"

„Warum ist das wohl so?"

Sie erinnert mich jetzt an eine frühere Lehrerin, in die ich verliebt war.

„Weil sie nach Partnern suchen?"

„Das ist **ein** Grund! Weiter!"

„Weil sie kommunizieren wollen?"

„Gut! Weiter!"

„Weil sie Schutz im Schwarm suchen?"

„Ja, wahrscheinlich auch das. Was noch?"

„Jetzt wird es schwierig. Vielleicht, weil sie dasselbe Nahrungsangebot suchen?"

„Du denkst viel zu wissenschaftlich! Denk mal wie eine Frau!"

„Das kann ich nicht."

„Dachte ich es mir. Gut, ich werd's dir verraten. Weil sie einander lieben."

Ich will lachen, aber das Lachen erstirbt in meinem Hals, weil ich gerade noch rechtzeitig erkenne, wie dumm es wäre, jetzt zu lachen.

„Du meinst, sie lieben sich, so wie wir?" Mist! Jetzt werde ich rot!

„Sie werden geboren neben ihren Geschwistern. Sie wachsen auf mit Eltern und Großeltern und Onkels und Tanten und Cousins und Cousinen und was weiß ich noch welchen Verwandten. Sie hören sich gegenseitig den ganzen Tag über zu, sie teilen alles miteinander. Wie anders könnte es sein, als dass sie sich lieben?"

„Ich weiß nicht – wenn ich meine Verwandtschaft besuche, ist das eher eine Strafe als eine Liebesorgie."

„Warum willst du mich nicht verstehen?", fragt Natalie und ihre Augen blitzen. „Sie lieben sich, weil sie gar nicht auf die Idee kommen, sich nicht zu lieben."

„Diese kleinen Vögelchen scheinen zu unbedeutend zu sein für so große Gefühle ..."

„Quatsch! Was wissen wir schon über diese Geschöpfe? So gut wie nichts! Aber eines sollten wir wissen: Die Liebe ist der Kitt, der alles zusammenhält. Überall im Universum ist Liebe. Wärst du eine Frau, wüsstest du das. Oh Gott! Was wäre die Welt ohne Frauen!"

Ihre Geste dazu, wie sie ihren Arm gegen die Stirn wirft, wirkt so dramatisch, dass ich lachen muss.

„Gut gut! Ich habe verstanden. Trotzdem – ich glaube, wir kommen vom Thema ab. Du willst mir also damit sagen, dass der wesentliche Unterschied zwischen mir und dem Gartenrotschwanz darin besteht, dass er seine äh ... Landsleute liebt und ich nicht?"

„Ich weiß nicht, wen oder was du liebst. Aber du würdest solche Fragen nicht stellen, wenn du dir dieser Wahrheit bewusst wärst."

„Welcher Wahrheit?"

„Na, dass du dich zu den Menschen hingezogen fühlst, weil du sie liebst."

„Und warum fühle ich mich dann oft ganz anders? Ich meine, wenn ich meinen Frust schiebe, will ich lieber keinen Menschen sehen."

„Und wenn du allein bist, bist du glücklich?"

„Nicht immer. Manchmal ..."

„Du gehörst also auch zu jenen, die sich in ihren eigenen vier Wänden verschließen, weil draußen lauter böse Menschen darauf lauern, sie auszurauben – oder noch schlimmer, sich in ihre Gedankenwelt einzumischen! Was sollte dann dein Anruf? Du konntest nicht wissen, ob Horst nicht auch einer von diesen heimtückischen Gedankenräubern ist."

„Nein, konnte ich nicht."

„Und noch weniger konntest du mir trauen. Wir kennen uns kaum, oder?"

„Stimmt. Aber irgendwie habe ich bei dir ein gutes Gefühl." Ich versuche zu lächeln.

„Dann hast du ja vielleicht doch etwas von einem Gartenrotschwanz."

„So gesehen ... Aber trotzdem hätte ich mich auch anders entscheiden können. Wenn ich nun nicht angerufen hätte, dann wäre ich eben zu Hause geblieben und hätte – "

„ – und hättest dir gründlich und vor Selbstmitleid triefend überlegt, dass das Leben auf diesem Planeten sinnlos ist, weil du die Unschuld eines Gartenrotschwanzes verloren hast und damit aus dem Paradies verbannt bist."

„Jetzt übertreibst du aber! So aussichtslos ist meine Lage wieder nicht. Ich werfe nicht gleich die Flinte ins Korn, wenn mal ein bisschen Gegenwind aufzieht. Ich kann mit den Stürmen des Lebens schon ganz gut alleine zurechtkommen."

„Ach? Du fühlst dich jetzt stark, was? Und ich kann dir auch sagen, warum: Weil du weißt, dass es in der Umgebung Menschen gibt wie mich, Menschen, die bereit sind, sich auf dich einzulassen, die dich auffangen, ehe du noch tiefer fällst. Darum hältst du es alleine aus. Andernfalls wäre es unerträglich für dich, allein zu sein. Du funktionierst nicht anders als alle Menschen. Wir brauchen einander! So funktionieren wir am besten. Auch du trägst dafür das passende Betriebssystem in dir, so wie wir alle; du hast es nur deaktiviert, weil du Angst hast."

„Angst? Wovor?"

Plötzlich finde ich es sehr heiß auf dem Balkon, obwohl die Sonne nicht scheint.

„Davor, dass deine Bemühungen, Liebe zu bekommen, keine Früchte tragen. Und dann fühlst du dich verletzt. Auch das ist nichts Besonderes, geht allen Menschen so."

„Glaubst du wirklich?"

„Ich bin eine Frau. Ich weiß es."

„Dann hatte ich wohl Glück, dass Horst heute nicht da ist."

„Das darfst du laut sagen."

Dieses Gespräch mit Natalie geht mir näher als ich dachte. Immer wieder grübele ich darüber nach. Es sind so viele zweideutige Bemerkungen gefallen. Ich würde gerne glauben, dass sie mich mag. Sie hat sich immerhin sehr viel Zeit für mich genommen. Und es schien ihr nicht viel auszumachen, dass Horst sie an einem Sonntag alleine lässt. Ich bin mir sicher, dass sie mich in ganz kurzer Zeit durchschaut hat. Es ist nicht so, dass mich das stören würde, ganz im Gegenteil. Endlich ein Mensch, eine Frau (!), die mich versteht. Und hübsch ist sie auch noch ... Doch dann fange ich mir eine Erkältung ein, die mich davon abhält, weiter darüber zu sinnieren.

Es ist der typische Verlauf: zuerst fühle ich ein unangenehmes Kratzen im Hals. Ich nehme allerlei Naturheilmittel und Lutschbonbons, die den Schmerz mildern. Dennoch fühle ich mich schwach. Ich gehe natürlich weiterhin zur Arbeit, obwohl ich mich matt fühle und das Bedürfnis hätte, tagsüber zu schlafen. Wenn ich nachts im Bett liege, wird das Kratzen im Hals unerträglich. Es dauert Stunden, bis ich vor Erschöpfung einschlafe. Nach drei Tagen ist das Kratzen vorbei, doch nun sammelt sich im gesamten Kopfbereich Schleim an, in der Nase, im Rachen, hinter den Wangenknochen, im Innenohr, hinter der Stirn. Die verstopften Luftwege hindern mich daran durchzuschlafen. Meine Müdigkeit weicht einer totalen Erschöpfung. Ich ärgere mich maßlos über die Ungerechtigkeit, dennoch am Arbeitsplatz funktionieren zu müssen. Niemand nimmt Rücksicht auf meinen schlechten Gesundheitszustand, ja, es scheint mir geradeso, als würde mir jeder nur noch mehr Arbeit aufbrummen, um zu sehen, ob ich es schaffe. Ich stelle mir vor, wie ich durch Gucklöcher beobachtet würde, und es würden Wetten laufen, wann ich wohl am Schreibtisch zusammenbreche.

Als der Schnupfen nach zwei Wochen vorüber ist, kommt der Husten. Ich wusste von Anfang an, dass eine Erkältung immer mit Husten endet. Wie zu erwarten, kommen die Hustenanfälle verstärkt in den Phasen kurz vor dem Einschlafen. Am Morgen nach dem Aufstehen fühle ich mich wie ein Zombie, mehr tot als lebendig. Meine Stimmung ist auf dem absoluten Nullpunkt. Zu Beginn meiner Krankheit sprach ich mir noch Mut zu: „Wie sehr werde ich mein Leben genießen, wenn ich wieder gesund und munter bin!" Doch inzwischen bin ich nur noch verbittert. Am liebsten hätte ich mich mit Drogen zugedröhnt und in einen tagelangen Dämmerschlaf versetzt. Ich rede mit mir selber, aber meine Antworten bringen keine neue Erkenntnis. Daher richte ich meine Beschwerden direkt an den Chef: „Hast du wenigstens Spaß daran?", frage ich Gott (oder wen auch immer, dem ich für meine schlechte Verfassung die Verantwortung zuschiebe).

Der Gartenrotschwanz scheint sich über mich lustig zu machen. Immer näher kommt er an das Fenster und sieht mich mit einem Seitenblick an, als warte er wie meine Kollegen im Büro auf meinen totalen Zusammenbruch. Sein Gesang schien den anderen zu signalisieren: „Er sieht heute echt beschissen aus, aber noch hält er durch!"

Als ich wieder einmal hustend vom meinem Fahrrad steige, um meine Lebensmittel einzukaufen, sehe ich Natalie aus dem Geschäft kommen. Instinktiv wende ich mich ab, ich habe keine Lust, mit ihr zu reden, warum, das weiß ich selbst nicht so genau. Ich habe sie wohl eine Sekunde zu lang angesehen – in ihrem kurzen, engen Kleid sieht sie rattenscharf aus, muss ich zugeben – denn als ich eben hinter eine Litfaßsäule huschen will, kommt sie schon schnurstracks auf mich zu.

„Bernd! Schön, dich zu sehen! Wo steckst du denn die ganze Zeit?"

Sie macht Anstalten, mich zur Begrüßung zu umarmen. Ich reagiere schnell, indem ich sage: „Komm mir bitte nicht zu nahe. Ich bin bös erkältet!"

Wie zur Bestätigung sucht mich in diesem Moment ein heftiger Hustenanfall heim.

„Ohje! Das hört sich ja gar nicht gut an! TBC im Endstadium, was?"

Ich lächle schwach – sie soll ruhig spüren, dass ich von solch makabren Scherzen nichts halte.

„Entschuldige bitte, darüber sollte man keine Witze reißen", sagt sie mit einer traurigen Miene. Ich glaube, sie schämt sich wirklich ein bisschen.

„Seit drei Wochen hänge ich nun mit dieser Erkältung rum!", jammere ich. „Und es wird eher schlimmer, statt besser. Ich weiß gar nicht, wann ich das letzte Mal länger als vier Stunden geschlafen habe."

„Ach Gott! Du Armer! Jaja – manchen Menschen spielt das Schicksal schon übel mit", spricht sie weiter. „Erst neulich ist eine Tante von mir an Lungenkrebs gestorben, obwohl sie nie geraucht hat."

„Ach?"

„Ja! Und dabei hatte die nicht einmal ein schönes Leben!" Sie schüttelt den Kopf und seufzt. „Ihr Mann ist früh gestorben, sie pflegte ihn aufopferungsvoll – nachdem er zwei Schlaganfälle erlitten hatte, war er auf dem Rollstuhl angewiesen. Nach seinem Tod nahm sie die alte Schwiegermutter bei sich auf, die schwer zuckerkrank war. Ein Fuß musste ihr amputiert werden, daher konnte sie nicht mehr allein leben. Und in ein Heim hätte sie meine Tante nie getan! Tja – als dann auch die Schwiegermutter nach zehn Jahren Intensivpflege starb, erhielt meine Tante die Diagnose Lungenkrebs. Was soll man dazu sagen?"

„Ja, da fehlen einem die Worte. Ich denke gerade an das Buch *Das Schicksal ist ein mieser Verräter*. Der Titel trifft es wohl genau."

„Oh ja!" Natalie scheint jetzt den Tränen nahe und schluchzt kaum hörbar. Ich weiß in diesem Moment nicht so recht, was ich noch sagen kann, und suche nach einer Möglichkeit, dem Gespräch eine Wendung zu geben.

„Und wie geht's Horst?"

„Horst? Jaaa ... der ..." Sie blickt zu Boden, ohne den Satz zu Ende zu sprechen.

„Ist etwas nicht in Ordnung?"

„Ach ..."

Jetzt bin ich völlig irritiert. Natalie zeigt mir wohl eben eine Seite, die ich nicht kannte. Sie scheint völlig von der Rolle. Irgendetwas muss geschehen sein, was sie nicht über die Lippen bringt. Also scheint auch bei ihr, die so fröhlich und lebensbejahend schien, das Schicksal grausam zugeschlagen zu haben.

„Du – musst nicht drüber reden, wenn du nicht willst. Aber vielleicht hilft es dir. Also – wir könnten uns bei mir treffen, wenn du magst und Zeit hast ..."

Plötzlich richtet sie ihren Blick direkt in meine Augen.

„Ich dachte, du bist erkältet. Soll ich mich etwa bei dir anstecken?"

„Nein, natürlich nicht ..."

„Soll ich dir sagen, was los ist?"

„Ja ..."

„Ich musste leider feststellen, dass Männer – bestimmte Männer so gar nichts kapieren wollen. Man könnte ihnen die Weisheit mit Löffeln verabreichen und trotzdem würden sie sich weigern, die Wahrheit hinunter zu schlucken."

Ich nicke. „Ich verstehe leider zu gut, was du meinst."

„Gar nichts verstehst du! Ich hab dir die ganze Zeit nur erzählt, was du hören wolltest. Dabei war alles erfunden!"

„Was?!"

„Na klar! Was hast du denn gedacht? Du glaubst doch nicht im Ernst, dass ich eine von denen bin, die mit Trauermiene durch die Gegend laufen, um aus dem Mitleid anderer Energie zu ziehen?" Sie schüttelt den Kopf. „Ich muss schon sagen: ich bin enttäuscht! Meinst du, ich hätte nicht bemerkt, wie du versucht hast, dich vor mir zu verstecken? Das ärgert mich, verstehst du? Als ob du vor mir etwas zu befürchten hättest! Knurr! Ich bin es, der böse Wolf!" Sie fährt ihre langen roten Fingernägel wie Krallen aus.

„Seit drei Wochen bin ich krank!", protestiere ich. „Ich bin körperlich und nervlich am Ende."

„Und trotzdem fährst du mit dem Fahrrad zum Einkaufen. So schlimm kann es wohl nicht um dich stehen."

„Das tu ich aus Überzeugung; der Umwelt zuliebe."

„Ja, ja. Schon gut. Wie geht es deinem Dankbarkeits-Tagebuch?"

„Wie?"

„Du hast mich sehr gut verstanden. Führst du es gewissenhaft fort?"

„Nein ... ich hatte wirklich keine Zeit ..."

„Alles klar! Schön, mit dir geplaudert zu haben."

Sie wendet sich abrupt ab und geht.

Ich fühle mich wie ein Schuljunge, den der Lehrer in die Ecke gestellt hat. Natalie hat zuletzt so laut gesprochen, dass einige Passanten mitbekommen mussten, wie sie mich zurechtgewiesen hat. Schnell steige ich wieder aufs Rad und beeile mich, nach Hause zu kommen. Ich bin völlig durcheinander.

Hat man denn nicht einmal als kranker Mensch das Recht zu jammern? Ich kann doch nichts dafür, dass ich krank geworden bin!

Oder doch?

Die Welt gehorcht deinen Gedanken, hat Horst gesagt. Sollte er damit recht haben, dann wäre meine Krankheit nicht zufällig, sondern eine Folge meiner Gedanken. Erschreckend wird mir die Tragweite des Satzes bewusst: **Die Welt gehorcht deinen Gedanken.**

Wenn alles, was mir geschieht, nur deshalb geschieht, weil ich es mir in Gedanken so ausgemalt habe, dann sind meine Gedanken äußerst gefährlich!

Ich denke über meine Erkältung nach. Was habe ich getan, bevor es mit den Halsschmerzen begann? War ich etwa für mein Leben dankbar? Das kann ich beim besten Willen nicht behaupten. Ich war in dieser üblen Stimmung, die mich im Herbst oft befällt und die sich wohl am besten mit den Worten beschreiben lässt: *Das Leben ist ein Haufen Scheiße, aber das ist alles, was wir haben.* Ich bedauerte mich selbst, hatte zu nichts Lust, fand an allem etwas auszusetzen und hoffte darauf, es möge irgendwas passieren, damit ich nicht zur Arbeit zu gehen brauchte. Warum aber war ich dann nicht richtig krank geworden, so dass ich das Bett hüten musste? Ich wurde ja blöderweise meistens nur so krank, dass ich guten Gewissens nicht zu Hause bleiben konnte...

Ach ja – das Pflichtbewusstsein! Sich nichts nachsagen lassen wollen, glauben, unersetzlich zu sein, hart zu sich selbst sein, ein richtiger Mann eben ... Woher habe ich nur diese Grundsätze? Mit der Muttermilch eingesogen oder mir doch selbst angeeignet, weil sie mir als unverzichtbar erschienen, um im Alltag bestehen zu können?

Ich vermute, ohne diese Grundsätze hätte ich es mir gegönnt, bettlägerig zu sein und mich mal richtig auszuruhen. Dadurch, dass meine Gedanken im Widerstreit stehen, schaffe ich mir diese komische Welt, die weder heiß noch kalt ist, sondern lau und zu nichts zu gebrauchen.

Ich bin so erschöpft – weniger vom Einkaufen als von meiner Grübelei – dass ich mich auf die Couch lege. Ich sehne mich nach Schlaf und gleite in weniger als einer Minute in diese Zwischenwelt, wo sich das Hörbare immer weiter entfernt und die Stille sich über alles Physische legt, wo aus allen Ecken Bilder auftauchen und sich nach und nach zu einem Traum formieren. Doch dieses Mal gibt es etwas, was dem Traum Widerstand leistet. Es ist die Idee eines wertvollen Gedankens, den ich für den Bruchteil einer Sekunde mehr spürte als sah. Ich will diesen Gedanken wiederfinden, ehe ich einschlafe, und versuche, mich wach zu halten. Es war etwas im Zusammenhang mit Strafe – ich als Kind – eine dumme Tat – werde heftig ausgeschimpft ... Ja! Die Vorstellung, wegen einer unüberlegten Sache, einer Dummheit, einer unbedachten Bemerkung bei einem anderen in Ungnade zu fallen, macht mir Angst. Warum nur? Warum kann ich es so schwer ertragen, einen anderen Menschen zu enttäuschen? Ich werde jetzt keine Antwort darauf finden. Wenigstens weiß ich nun, dass die Pflichterfüllung nur eine Methode von mir ist, um den guten Ruf zu bewahren, der mir wichtiger scheint als alles andere ...

Als ich wieder erwache, fällt mir auf, dass ich tief geschlafen habe, weil ich kein einziges Mal husten musste. Ich bin hungrig, aber mehr als nach einem guten Essen drängt es mich dazu, ein Dankbarkeits-Tagebuch zu beginnen. Ich suche mir ein unbenutztes Notizbuch und schreibe: „Danke dafür, dass meine Erkältung auskuriert ist!" Und noch während ich diesen Satz schreibe, fällt mir ein weiterer ein: „Danke dafür, dass ich Freunde wie Horst und Natalie habe!" Als ich den Kühlschrank öffne, muss ich wieder mein Dankbarkeits-Tagebuch öffnen: „Danke dafür, dass ich mich jederzeit satt essen darf!" Und dann strömt es auf mich ein, als wäre eine Schleuse geöffnet worden.

„Danke dafür, dass ich Tiere vor meinem Fenster beobachten darf!", „Danke dafür, dass ich Zeit für mich habe!", „Danke dafür, dass ich genügend Geld habe, um mir gutes Essen zu kaufen!", „Danke dafür, dass ich lesen und schreiben lernen konnte!", „Danke dafür, dass ich reine Luft atmen darf!", „Danke dafür, dass sich in meinem Leben immer alles zum Guten wendete!", „Danke dafür ..."

Ich lese den letzten Satz noch einmal und spüre, wie sehr er meine Stimmung verändert. Wenn sich immer alles zum Guten wendet, dann brauche ich nichts zu befürchten! Sorgen um die Zukunft sind nutzlos, wenn ich weiß, dass am Ende alles gut wird! Ich lese den Satz noch einmal und unterstreiche ihn. Das letzte „e" streiche ich durch, so gefällt mir der Satz noch besser.

„Danke dafür, dass sich in meinem Leben immer alles zum Guten wendet!"

Mein Gartenrotschwanz singt heute sogar um die Mittagszeit. Ich schäme mich für mein Verhalten und beschließe, Natalie morgen um Verzeihung zu bitten. Am Abend schlafe ich ohne jeglichen Hustenreiz ein.

Ich wähle die Nummer von Horst Clopp und dieses Mal höre ich tatsächlich seine Stimme am anderen Ende.

„Hallo, Horst! Hier ist Bernd ..."

„Ach Bernd ..." Täusche ich mich oder klingt Horst irgendwie verstimmt?

„Wie geht's dir denn? Alles in Ordnung?"

„Klar. Hab viel zu tun diese Tage. Bei dir auch alles klar?"

„Jep! Ich dachte, wir könnten mal zusammen in die Berge fahren, solange es noch warm genug ist. Du, Natalie und ich. Was meinst du?"

„Hmm ... ja, gute Idee. Ich müsste nur schauen, was mein Terminplan dazu sagt ... Du, ich denk drüber nach!"

In diesem Augenblick höre ich eine zweite Stimme, Natalie ist dazugekommen. Horst hält den Hörer zu, dennoch bekomme ich mit, dass die beiden nicht freundlich miteinander reden. Dann ist plötzlich Natalie am Telefon.

„Bernd? Hier Natalie."

„Ah! Natalie! Schön, dich zu hören!"

„Hier ist gerade dicke Luft. Ich muss raus. Hast du Lust auf einen Spaziergang?"

„Natürlich. Jetzt gleich?"

„Komm bei mir vorbei. Ich warte vor der Haustür."

Natalie hat Zoff mit Horst und will **mit mir** darüber sprechen! Meine Stimmung verbessert sich immer mehr. Als ich den Reißverschluss von meiner Jacke einfädle, zittern meine Hände.

Auf dem Weg zu Natalies Wohnung beginnt es zu regnen. Ob sich auch das Wetter von meinen Gedanken beeinflussen lässt? Oder von Natalies Gedanken? Oder von dem Sammelsurium aller anderer Gedanken, die auf dieser Welt gedacht werden?

Natalie wartet mit einem Riesenregenschirm, groß genug für uns beide. Ich begrüße sie mit den Worten, die ich zuvor einstudiert habe: „Bevor du etwas sagst, lass mich dich um Verzeihung bitten für mein jämmerliches Verhalten gestern!"

„Schon gut", sagt sie kurz.

„Nicht das Wetter für einen Spaziergang, hm?", sage ich vorsichtig die Stimmung abtastend.

„Genau das richtige Wetter für einen Spaziergang", erwidert sie und geht im Eilschritt los, kaum dass ich unter dem Schirm Platz gefunden habe. „Du solltest dir mal *Singin' in the rain* reinziehen."

„Gene Kelly spielt darin den Verliebten. Das ist etwas ganz anderes."

„So? Muss man verliebt sein, um im Regen zu tanzen und zu singen?"

„Nicht unbedingt, aber es fällt einem dann bestimmt leichter."

Das Gespräch nimmt einen guten Verlauf!

„Aber tun könnte man es immer! Gerade, wenn man etwas gewöhnlich nicht tut, sollte man es tun."

Ich wäre nicht überrascht, wenn Natalie jetzt zu tanzen anfangen würde, aber sie tut es nicht. Mir fällt keine sinnvolle Erwiderung ein, so dass wir eine Weile schweigend nebeneinander her gehen. Wir erreichen den Stadtpark, der heute menschenleer ist; natürlich, denn gewöhnlich geht man an einem Regentag nicht in den Park.

„So", beginnt Natalie und atmet einmal tief ein und aus. „Jetzt bin ich so weit, dass ich reden kann, ohne jemanden anzufauchen."

„Ich bin ganz Ohr."

„Horst hat sich in den Kopf gesetzt, das Wirtshaus von diesem Allgeier zu kaufen. Aber es läuft nicht so, wie er sich vorgestellt hat. Denn – aus welchen Gründen auch immer – erfreut sich das Gasthaus einer zunehmenden Beliebtheit. Die Gäste kommen von weit her, um hier zu essen. Vielleicht steckt der neue Koch dahinter …"

„Ein neuer Koch?"

„Ja, wir waren mal wieder dort und ich muss sagen, das Essen ist wirklich viel besser geworden seit dem letzten Mal. Aber das alleine kann es auch nicht sein. Ich meine, das alte Wirtshaus hat keinen Charme. Die Möblierung ist veraltet und unbequem. Niemand versteht, warum es plötzlich so attraktiv sein soll, dort zu essen. Und das ist es, was Horst auf die Palme treibt. Ich kenne ihn kaum wieder. Ein rechter Grantler ist er geworden."

„Warum will er unbedingt dieses Wirtshaus haben? Warum will er überhaupt ein Wirtshaus haben? Er hat doch nicht vor, sich selbst hinter den Tresen zu stellen?"

„Du weißt ja, wie er tickt. Er glaubt, dass es zurzeit das Vernünftigste ist, sein Geld in Immobilien anzulegen. Und er ist überzeugt davon, dass er damit auch dem Allgeier einen Gefallen tut, denn würde endlich seine Schulden los und den ganzen Vergangenheitsballast dazu. Natürlich hat auch Horst eine neue Vision: Altes erhalten und mit neuem Geist beleben."

„Scheint ja nichts Falsches daran zu sein."

„Nur hat es sich der Allgeier offenbar anders überlegt. Ist sein gutes Recht. Und verstehen kann man ihn auch."

„Dann soll sich Horst halt ein anderes Wirtshaus suchen. Wo ist das Problem?"

„Du denkst nicht wie Horst. Er kann nicht einfach den Schalter umlegen und etwas ganz anderes machen. Er glaubt, es sei falsch, seine Visionen so mir-nichts-dir-nichts aufzugeben. Man muss um die Dinge kämpfen, die einem wichtig sind, sagte er immer. Ich selber hab's nicht so mit dem Kämpfen. Mir wäre nichts lieber, als dass er das Projekt fallen ließe", sagt sie leise und gedankenversunken.

Inzwischen regnet es so stark, dass unsere Füße von dem vom Boden aufspritzenden Wasser nass werden. Wir suchen unter der Krone einer großen Linde Schutz.

Mir geht allerlei durch den Kopf. Wenn nun der Allgeier fest davon überzeugt ist, dass er sein Gasthaus retten kann und seine Gedanken so steuert, dass er in jedem Tiefschlag etwas Gutes sehen kann, wenn er gar nicht aufhört, an eine blühende Zukunft zu denken, dann kann Horst wohl tun, was er will; er wird es nicht schaffen, seine Vision zum Erfolg zu führen.

Natalie scheint meine Gedanken zu lesen.

„Ich frage mich, was diesem Wolkenbruch verursacht hat", sagt sie unvermittelt und lacht kurz. „Ich glaube, es wäre zu vermessen, zu glauben, ich oder du oder Horst hätten ihn mit unseren Gedanken hervorgerufen. Wie viele mächtigere Denker als uns mag es wohl unter diesem Himmel geben?"

„Stimmt! Wer weiß, was mein Gartenrotschwanz alles in den Himmel hineingesungen hat?"

Natalie lacht. „Und all die anderen Vögel, gefiederte und nackte."

„Ich kann mir vorstellen, dass sich unter den vielen Gedanken, die durchs Universum schwirren, derjenige durchsetzt, der am intensivsten gedacht wird."

Natalie sieht mich beinahe durchdringend an. Mir ist bisher noch gar nicht aufgefallen, dass sie leuchtend grüne Augen hat.

„Es wäre ja möglich", sagt sie, „dass Allgeiers neuer Koch mehr verändert hat als nur die Speisekarte."

„Wie meinst du das?"

„Na – hast du noch nie erlebt, dass ein neuer Kollege das Arbeitsklima komplett verändern kann?"

„Doch, ja. Ich glaube, ich weiß, was du denkst. Wenn der neue Koch seine Speisen mit einer solchen Hingabe kocht, dass sich das übrige Personal davon anstecken lässt, verändert sich die Atmosphäre im Gasthaus. Sie wird so ansteckend, dass die Leute von nah und fern in das Gasthaus strömen – "

„ – und dann verwundert es nicht, dass sich auch der Allgeier von der positiven Stimmung mitreißen lässt und ganz anders über die Zukunft seines Hauses denkt als bisher."

„Und dass Horst mit seiner ehrgeizigen Art zu denken kaum Einfluss nehmen kann. Das wäre bestimmt anders, wenn er seine Geschäfte mit Freude betreiben würde."

„Kein Gedanke ist stärker als der, der sich mit einem positiven Gefühl paart."

Natalie hebt ihre Hand zum Einschlagen.

„Bingo!"

„Ich frage mich, wer heute eine so unbändige Freude am Regen hatte …"

Wir lachen beide.

„Wie wär's", frage ich, „wenn wir uns selbst ein Bild von der Kraft einer großen Vision machen? Fahren wir in unser Gasthaus, kosten ein Menü und finden heraus, was das Besondere an diesem Koch ist!"

Natalie reagiert nicht so freudig, wie ich erhofft habe. Ihre Augen flackern, ihr Blick ist plötzlich unstet, mal sieht sie mich an, mal nestelt sie an ihrem Halstuch herum.

„Wow! Du kannst ja ganz schön spontan sein. Ob aber bei dem Wetter ein Gasthaus in den Bergen geöffnet ist?"

Mir fällt auf, dass ihre Stimme ein bisschen wackelt.

„Hmm ..."

„Außerdem habe ich mich mit Horst gestritten. Ich kann jetzt nicht einfach abhauen."

„Er könnte mitkommen."

„Um ihn noch mehr zu reizen? Keine gute Idee!"

Meine Stimmung verschlechtert sich. Egal, was ich vorschlage, alles wird torpediert.

„Und? Was willst du jetzt zu Horst sagen?", frage ich und spüre, wie genervt ich klinge.

„Keine Ahnung."

„Solltest du jetzt nicht irgendwas Esoterisches machen? Das Positive an der Situation sehen, oder so ..."

„So, wie du das sagst, hört es sich dämlich an! Ist das vielleicht esoterisch, wenn ich zu ihm gehe und mich bei ihm entschuldige?"

„Wofür willst du dich entschuldigen?", rutscht es mir heraus. „Etwa dafür, dass er sauer ist, wenn nicht alles nach seinem Plan läuft?"

„Zu einem Streit gehören immer zwei. Ich habe es so weit kommen lassen, anstatt ihm Verständnis entgegen zu bringen."

„Verständnis? Aber – aber – er will einem alteingesessenen Gastwirt seine Existenz rauben! Dafür kann man doch kein Verständnis aufbringen."

„Ach Bernd ... Du kannst das freilich nicht verstehen. Lass gut sein! Es hat zu regnen aufgehört. Jetzt brauchst du keinen Schirm mehr. Ciao!"

Sie dreht sich um und geht, ohne noch ein Wort zu verlieren, ein Déjà-vu von gestern. Ich verstehe die Welt nicht mehr.

Einige Tage vergehen, in denen sich nichts Besonderes ereignet. Ich verkrieche mich in meinen vier Wänden. Aber natürlich führe ich mein Dankbarkeits-Tagebuch fort ...

„Danke, dass ich gesund bin!" – „Danke für den unverhofften Geldsegen (Erstattung von Krankenkassenbeiträgen)!" – „Danke für eine Anerkennung von meinem Chef!" – „Danke für den wunderbaren Spätsommer!" usw. Es stimmt, es gibt immer irgendeinen Grund, um dankbar zu sein. Und wie könnte ich mich weigern, meine Dankbarkeit auszusprechen, wenn mir jeden Morgen mein Gartenrotschwanz (was heißt hier „mein" Gartenrotschwanz, möglicherweise ist es jedes Mal ein anderer?) seine Dankbarkeit laut vorträllert? Er ist wesentlich konsequenter als ich! Er sitzt auf einem Strauch, fast immer auf demselben Ast, wippt mit dem Schwanz und singt dort minutenlange Arien – zugegeben mit kurzen Unterbrechungen, aber das Thema bleibt immer dasselbe. Er begrüßt jeden Tag mit derselben Begeisterung, ganz gleich, ob es regnet oder ob die Sonne scheint. Ob so ein Vögelchen ebenso launisch ist wie ein Mensch, mal auch eine schlechte Nacht hinter sich hat, mit Augenringen erwacht und sich sagt: „Was würde ich drum geben, heute länger schlafen zu können!"? Ich müsste mich schämen, wenn ich angesichts dieses Lebens-Künstlers meinen Tag griesgrämig beginnen würde. Was würde ich drum geben, den Gesang dieses Geschöpfes verstehen zu können!

Dieses „Du kannst das freilich nicht verstehen", mit dem mich Natalie abserviert hat, nagt gewaltig an meinem Selbstbewusstsein. Wie blöd muss ich wohl sein, dass ich die einfachsten Zusammenhänge nicht mehr begreife? Ich werde umso wütender, je länger ich über die Sache nachdenke. Und wie so oft ist die Wut die Initialzündung für einen Entschluss. Ich packe meinen Rucksack und die Wanderschuhe ein und fahre los. Schließlich will ich mich nicht für dumm verkaufen lassen! Ich werde mit dem Wirt und seinem Koch reden, geradeheraus, von Mann zu Mann. Ich werde alles aus erster Hand erfahren. Und dann, so denke ich, habe ich sehr wohl ein Recht darauf, mich einzumischen.

Ich komme etwa gegen elf Uhr am Gasthaus an. Wieder sind einige Umbauten und Verschönerungen vorgenommen worden. Ein neues, auffallendes Wirtshausschild prangt über dem Eingang, *Gasthaus Gipfelblick*, im Biergarten glänzen neue Biertische und ein Parkplatz wurde angelegt.

Ich warte zehn Minuten, bis sich eine Bedienung blicken lässt.

„Die Küche wird erst in einer halben Stunde angeheizt", sagt sie. „Wollen Sie in der Zwischenzeit etwas trinken?"

„Einen Kaffee, bitte! Und – sagen Sie, ist der Wirt auch zugegen?"

„Der Schorsch? Ja, möchten Sie ihn sprechen?"

„Wenn's möglich ist ..."

„Einen Moment bitte!"

Interessant, der Chef wird mit Schorsch tituliert! Es hat sich offenbar nicht nur äußerlich etwas geändert. Kurz darauf kommt der Wirt in die Gaststube und bringt meinen Kaffee. Ich muss zweimal hinschauen, um sicher zu sein, dass das derselbe Mann ist, mit dem ich im vergangenen Jahr eine kurze Unterhaltung geführt habe. Er scheint mindestens zehn Kilo abgenommen zu haben, seine Augen wirken viel lebendiger, seine Gesichtszüge straffer und sein Mund lächelt die meiste Zeit über.

„Sie wollten mich sprechen?", fragt er, während er mir den Kaffee serviert.

„Ja, danke! Wenn Sie kurz Zeit haben?"

„Freilich!", antwortet er und setzt sich zu mir an den Tisch.

„Können Sie sich an mich erinnern? Ist schon einige Zeit her. Letztes Jahr im Sommer war ich mal hier und später nochmal."

„Ich glaube schon. Ihr Gesicht kommt mir bekannt vor", sagt er nickend.

„Damals haben Sie mir gesagt, dass Sie das Gasthaus wohl oder übel verkaufen müssen."

„Ja, solche Gedanken hatte ich dann und wann. War keine leichte Zeit."

„Aber das ist jetzt anders, wie man sieht. Stimmt es, dass das an dem neuen Koch liegt?"

Er lacht.

„Das spricht sich ja schnell herum! Ja, ich muss zugeben, er hat alles verändert."

„Wie ist das möglich? Ist seine Kochkunst so genial?"

„Probieren Sie's aus! Ich bringe Ihnen gerne eine Speisekarte."

„Danke."

Der Wirt bringt mir eine Karte, kann sich aber nicht entschließen zu gehen. Stattdessen setzt er sich an den Tisch und sagt: „Aber – ehrlich gesagt: es ist nicht seine Qualität als Koch allein."

„Nicht?" Ich habe geahnt, dass an diesem Koch etwas Besonderes ist!

„Er ist anders. Komplett anders. Die Arbeit scheint ihm Spaß zu machen – gut, das findet man auch bei anderen Menschen. Doch er kann so ganz nebenbei Dinge vollbringen, die an Wunder grenzen. Ich verstehe es immer noch nicht so recht ... Ich habe einen Koch gesucht, weil mich der alte verlassen hat; ‚keine Perspektive' war seine Begründung. Ich habe die Stelle inseriert und er – Gabriel – war der einzige, der sich daraufhin gemeldet hat. Ich schämte mich ein bisschen, weil ich ihn nicht so bezahlen konnte, wie er es verdient hätte. Er hatte ausgezeichnete Referenzen! Ich fragte ihn, warum er ausgerechnet hier arbeiten wollte, wo er sich doch die besten Restaurants aussuchen könnte. Er sagte, dass er mal etwas anderes machen wolle, gute Köche brauche man überall."

„Und dann?"

„Tja! Dann hat er eine neue Speisekarte erstellt, er hat die Küche ordentlich gereinigt, er hat alle, die hier arbeiten, mit seiner guten Laune angesteckt. Und als alles soweit bereit war, hat er sich da draußen vor die Tür gestellt, und es war, als wäre er ein Magnet, der die Gäste nur so anzieht. Alle Besucher schwärmen von seinem guten Essen, und dass es gesund ist, davon konnte ich mich selbst überzeugen. Schauen Sie mich an: zwölf Kilo habe ich abgenommen seit ich nach seinem Speiseplan esse!"

„Donnerwetter! Da haben Sie ja einen guten Fang gemacht! Und jetzt müssen Sie das Haus natürlich nicht mehr verkaufen ..."

„Nein! Weder aus finanziellen Gründen, noch aus persönlichen. Mir macht es wieder große Freude, Gastwirt zu sein. Aber das will dieser Clopp nicht begreifen."

„Clopp?", frage ich unschuldig.

„Der Makler, der mir das Gasthaus abkaufen will. Er lässt mir keine Ruhe. Immer wieder ruft er mich an und versucht mich zu überreden. Dabei habe ich ihm klar gesagt, dass die Sache vom Tisch ist."

„Aber wenn der Koch plötzlich kündigt?"

Er schüttelt den Kopf.

„Bestimmt nicht von heute auf morgen. Dazu ist er viel zu sehr Ehrenmann, ein grundanständiger Kerl, der Gabriel. – Kennen Sie ihn überhaupt?"

„Nein."

„Na, dann wird es höchste Zeit! Gehen Sie in die Küche und stellen Sie sich vor. Er hat bestimmt nichts dagegen, ist wirklich ein netter Kerl."

„Na gut ..."

Ich bin nun wirklich gespannt auf diesen außergewöhnlichen Menschen, der auf wundersame Weise alle Dinge zum Guten lenkt. Ich gehe durch die Schwingtür in die Küche und sehe mich um. Es ist niemand zu sehen. Ich rufe zaghaft „Hallo". Schließlich erscheint der Koch – aber nicht alleine.

Ich bin vollkommen perplex. Der Koch, ein rundlicher Mann mit einem Gesicht wie ein Teddybär, lächelt mich an. Seine rechte Hand reicht er mir zum Gruß, die andere Hand umschließt eine andere, weibliche, die von Natalie! Als sie mich sieht, entzieht sie ihm schnell ihre Hand. Es ist unzweifelhaft, dass die beiden mehr verbindet als eine Freundschaft.

„Grüß Gott!", sagt der Koch mit einem leichten Schweizer Dialekt. „Was verschafft mir das Vergnügen?"

Natalie läuft rot an und sieht zu Boden. Alles, was ich mir zuvor an intelligenten Anreden für den Koch überlegt habe, bleibt mir im Hals stecken.

„Ich – äh – nichts Besonderes an sich ... Bernd Krüger, mein Name, entschuldigen Sie!", stottere ich. „Ich wollte nicht stören. Der Wirt sagte mir, ich solle Sie kennenlernen ..."

„Schön! Ich heiße Gabriel Mattern. Sie stören nicht. Meine Freundin war so lieb und hat mir einen Überraschungsbesuch abgestattet."

Für einen Augenblick glaube ich zu träumen. Mir ist etwas schummerig im Kopf. Ich fürchte, die Besinnung zu verlieren, und sehe mich nach einem Stuhl um.

„Wir kennen uns bereits, Gabriel", sagt Natalie schüchtern.

„Ach was?! So ein Zufall! Dann setzt euch doch in die Gaststube und sucht euch etwas aus der Speisekarte aus. Für mich wird's jetzt Zeit, an die Arbeit zu gehen. Wir sehen uns dann!"

Ohne Umschweife drückt er Natalie einen Kuss auf den Mund. Natalie nimmt mich am Arm und zieht mich durch die Schwungtüre in die Stube hinaus.

„Ich weiß, was du jetzt denkst", flüstert sie. „Du glaubst, ich betrüge Horst."

„Ich weiß nicht, was ich denken soll."

„Komm! Setzen wir uns. Wir sollten wirklich eine Kleinigkeit essen. Ich lade dich ein. Dafür versprichst du mir, auf Vorwürfe zu verzichten."

Da ich den Eindruck habe, Natalie wird mir in Kürze alles wahrheitsgemäß erzählen, was sie bisher verschwieg, gehe ich auf den Deal ein und wähle die Spinatnudeln.

„Weißt du, ich wollte nicht, dass das passiert. Dass ich mich in Gabriel verliebe. Ich habe versucht, ihn mir aus den Kopf zu schlagen, Horst zuliebe und mir zuliebe."

„Das ist dir dann wohl misslungen", sage ich und ich weiß, es klingt bitter. „Weiß Horst davon?"

„Ich glaube, er vermutet es", flüstert sie, als könnte und Horst belauschen. „Und das ist wahrscheinlich der Grund dafür, dass er das Gasthaus unbedingt kaufen will. Dann könnte er Gabriel entlassen, die Kontrolle über mich zurückgewinnen. – Was tust du eigentlich hier? Es ist doch kein Zufall, dass du hier bist?"

„Da du mit der Wahrheit nicht hinterm Berg hältst, will ich auch ehrlich sein. Ich war mir sicher, dass dieses Gasthaus für dich und Horst eine größere Rolle spielt, als ihr mir gegenüber zugeben wolltet. Und da in letzter Zeit immer von diesem ominösen Koch die Rede war, wollte ich mich an Ort und Stelle darüber erkundigen. O.K. – ich wollte auch über euch Erkundigungen einziehen. Ich habe mich einfach darüber geärgert, dass ihr nicht ehrlich zu mir wart."

Sie nickte stumm.

„Seit unserer letzten Begegnung wurde mir bewusst, dass ich kaum etwas von dir weiß, und dachte, hier könnte ich etwas über dich herausfinden. Tja ..."

„Und jetzt hast du etwas herausgefunden?"

„Das kann man wohl sagen. Vor allem auch über mich. Ich habe eben begriffen, dass ich in dich verliebt bin."

Ich weiß nicht, warum mir das jetzt so leicht über die Lippen gekommen ist. Wahrscheinlich, weil ich jetzt nichts mehr zu verlieren habe. Dennoch schlägt mein Herz bis zum Hals. Es könnte ja sein, dass ... Die Sekunden bis zu ihrer Antwort erscheinen mir wie Stunden. Ich glaube, ich warte auf ein Wunder.

„Das – das – ist eine Überraschung. Eben, weil wir uns ja kaum kennen." Sie schluckt laut. Ich warte auf eine klare Antwort, während die Hoffnung wie Sand durch meine Finger rinnt.

„Es soll ja auch so etwas wie Liebe auf den ersten Blick geben." Mir ist bewusst, dass meine Stimme so klingt, als hätte ich einen dicken Knödel im Hals.

„Ja, ja! Das stimmt! Liebe kann man nicht erklären. Als ich Gabriel zum ersten Mal sah, dachte ich: ‚Was für ein drolliger Mensch!' Und als er dann zu reden begonnen hat, fühlte ich mich von ihm unwiderstehlich angezogen, wie die Motte vom Licht. Es ist etwas Magisches an ihm."

„So ähnlich hat der Allgeier auch von ihm gesprochen. Ob der auch in ihn verliebt ist?"

Ich lache allein über meinen schwachen Scherz.

„Im Ernst, Bernd! Gabriel besitzt eine Gabe! Die Gabe, alles in hellem, positivem Licht zu sehen, und mehr noch: er kann Dinge verwandeln, so dass sie jeder in diesem Licht sieht. Du weißt doch noch, worüber wir gesprochen haben, als wir uns das erste Mal hier trafen?"

Ich nickte. „Das man seine Welt mit den Gedanken erschafft."

„Genau! Also – ich gestehe, dass ich das irgendwie begriffen habe, aber ich habe noch nie beobachtet, wie diese Theorie umgesetzt wird."

„Und Gabriel hat das geschafft?"

„Und wie! Schau dir den Schorsch an und das Gasthaus! Das ist doch nicht mit der traurigen Kaschemme zu vergleichen, die es vorher war!"

„Die Kaschemme ist mir egal. Wenn er so ein toller Lichtbringer ist, der Gabriel, dann soll er es mir beweisen! Er soll mir beweisen, dass es mir jetzt gut gehen kann, dass es ganz großartig ist, wenn man eine Frau verliert, die man vergöttert."

„Ach Bernd!" Sie legt ihre Hand auf meinen Arm, als ob das ein Trost wäre. „Du hast mich doch nie besessen."

In diesem Moment kommt der Koch herein und bringt uns eine Karaffe mit Wasser zu trinken.

„Bitte!", fleht mich Natalie an. „Rede mit ihm! Sag ihm alles, was dich bedrückt!"

Will sie das wirklich?

„Na gut! Wenn du unbedingt willst."

Ich bin wütend und habe große Lust daran, den tollen Magier Gabriel bloß zu stellen.

„Ich bin in deine Freundin verliebt! Wusstest du das?"

„Nein, das habe ich nicht gewusst." Seine Stimme klingt unschuldig wie die eines Kindes.

„Und was würdest du jetzt an meiner Stelle machen? Dich voll laufen lassen, den Nebenbuhler erschießen oder dich selbst?"

„Das ist eine ernst gemeinte Frage?"

Ich möchte ihm gerade ein „Darauf kannst du wetten!" entgegen schleudern, doch seine himmelblauen Augen scheinen mich zu entlarven, ehe ich ein Wort heraus bringe.

„Das – das ist natürlich nicht wörtlich so gemeint. Ich hätte nur gerne gewusst, was du in meiner Situation anstellen würdest!"

Er zuckte die Achseln und sagte ganz entspannt: „Ich wäre genau so wütend wie du! Vielleicht würde ich mein Glas in die Hand nehmen und quer durch den Gastraum werfen."

„Ehrlich?"

„Ja, ganz ehrlich. So was kann einen schon auf die Palme bringen. Ich kenne das."

„Und wen würdest du dann umbringen?"

„Vielleicht den Kerl, der in meinem Kopf pausenlos spricht und mir solchen Unsinn einredet."

„Was meinst du damit?"

„Dieser Schwätzer will mir partout einreden, ich könnte mit einer Frau glücklich sein, die mich nicht liebt."

„Moment! Woher willst du wissen, dass mich Natalie nicht liebt?"

„Du wüsstest es schon lange, wenn es so wäre, oder?"

Ich schweige, weil ich weiß, dass er recht hat.

„Siehst du? Und darum ist es gar kein so großer Verlust, sie nicht zu bekommen. Sie würde dich nie so behandeln, wie du es verdienst. Du wärst unglücklich und sie wäre unglücklich."

Wieder muss ich zugeben, dass er die Wahrheit sagt.

„Vielleicht verdiene ich ja so eine tolle Frau wie sie wirklich nicht …"

„Ha!" Gabriel lacht kurz auf und seine Augen strahlen. „Woher weißt du, dass Natalie eine tolle Frau ist? Steht es irgendwo auf ihrer Stirn geschrieben?"

„Na, sie sieht umwerfend aus, sie hat Witz und Charme, ist klug ..."

„Interessant! Also, du stehst offenbar auf Frauen, die toll aussehen und Witz, Charme und Intelligenz besitzen?"

„Ja ..."

„Und du meinst, im ganzen Erdenrund gibt es nur eine, die diese Eigenschaften mitbringt, und das ist Natalie?"

„Hmm ..." Ich merke, dass das Eis unter mir dünner wird, und versuche mich herauszureden.

„Naja ... Ich bin aber nun mal Natalie begegnet. Das könnte auch ein Wink des Schicksals sein."

„Du willst damit sagen, dass das Schicksal dir zuflüstert: ‚Nimm dir diese Frau! Sie ist für dich auserkoren!'?"

„Mmmm ja ... so ähnlich."

„Lass dir sagen: **Ein Schicksal gibt es nicht. Alles, was auf dieser Welt passiert, passiert zuerst in deinem Kopf.** Niemand anders als du entscheidet, ob die Frau deiner Träume Natalie ist oder irgend eine andere gut aussehende, kluge, witzige und charmante Frau unter den vielen Millionen, die auf der Welt herumlaufen. Wenn du dir selbst weh tun willst, dann such' dir eine aus, die nicht in dich verliebt ist. Such dir eine, die einen festen Freund hat. Dann hast du immer einen Grund zu jammern."

„Pff! Warum sollte ich jammern wollen?"

„Du bist von Frauen enttäuscht worden und das macht dich wütend. Das ist durchaus verständlich. Aber anstatt nach einem anderen Typ Frau zu suchen, treibst du dasselbe Spiel immer wieder. Du verliebst dich und wirst enttäuscht. Dann kannst du dem Schicksal oder Gott oder wem auch immer vorhalten, wie ungerecht die Welt ist. Du siehst dich als Opfer und glaubst, du hättest dir damit eine Belohnung erworben. Aber diese Belohnung kommt nie."

„Was redest du da?"

„Du weißt, wovon ich rede. **Du könntest dich auch anders entscheiden.** Suche nach einer Frau, die dir das Gefühl gibt, für dich da zu sein, egal, was passiert. Eine, die mit dir durch Dick und Dünn geht. Schau hinter die Fassade; du bist kein Teenager mehr. Du weißt, worauf es ankommt. Schönheit ist vergänglich, Sympathie bleibt ein Leben lang. Hör auf damit, dir selbst weh zu tun."

„Warum sollte ich mir selbst wehtun?"

„Du hast Angst davor, mit deiner Wut jemanden zu verletzten, darum richtest du deine Wut gegen dich selbst. Das ist eigentlich ein sehr schöner Charakterzug von dir. Ehe du jemanden im Zorn tötest, würdest du dich selbst umbringen. Aber du könntest deine Wut auch so kanalisieren, dass sie dir nützt und niemandem schadet."

„Wie?"

„Stell dir deine Wut als eine gigantische Kraftquelle in deinem Inneren vor! **Mit dieser Kraft kannst du alles erreichen, was du dir erträumst.** Und dann fang an, dir vorzustellen, wie dein ideales Leben aussieht! Schreibe alles auf und mach dich ans Werk! Du willst eine Frau, die Natalie gleicht, aber dich liebt? Dann sei gewiss, dass sie bereits existiert, und schon hast du sie erschaffen. Du willst erfolgreich in allen Lebenslagen sein? Dann mach dich ans Werk und glaube nicht den

Stimmen in deinem Kopf, die dir einreden wollen, es sei schwierig, zu erreichen, was du willst. Na komm! Leg los, ehe dich die Wut wieder verlässt!"

Ich sehe Gabriel an und habe große Lust, ihn zu umarmen. Er ahnt wohl, was in mir vorgeht, und lacht.

„So, und jetzt muss ich wieder in die Küche, sonst sind deine Nudeln verkocht", sagt er und lacht immer noch vor sich hin, als er schon in der Küche verschwunden ist.

„Hab ich dir zu viel versprochen?", fragt Natalie.

Ich schüttele den Kopf.

„Ich fühle mich so, als hätte ich eine Minute in der Wäsche-schleuder zugebracht."

„Ich verstehe. Lass es sich erst mal setzen."

Langsam spüre ich wieder Boden unter meinen Füßen. Ich schaue Natalie an und stelle erstaunt fest, dass sich meine Gefühle für sie verändert haben. Ich finde sie sehr hübsch, aber ich begehre sie nicht mehr mit jener Heftigkeit, die Herzklopfen verursacht.

„Er hat höchstens fünf Minuten mit mir gesprochen und doch ist alles anders jetzt."

„Ich glaube, es ist gar nicht so entscheidend, was er sagt, sondern wie er es sagt."

„Ich verstehe nicht, was du meinst."

„Er spricht mit dir und du fühlst sofort, dass er ganz bei dir ist. Er erfasst in Sekundenschnelle, was für ein Mensch du bist. Du hast immer das Gefühl, von ihm auf positive Weise ange-nommen zu sein. Und dass er dir niemals schaden würde oder aus seiner Fähigkeit einen Vorteil ziehen." Natalie ringt nach den passenden Worten. „Also – wenn er mit dir spricht, nimmt er dich an wie eine Mutter ihr Kind – so fühle ich mich bei ihm."

„Ja, so ist es. Du hast es gut beschrieben. Man spricht mit ihm und schon möchte man sein wie er. Geht das? Was meinst du? Du kennst ihn besser als ich."

„Natürlich geht das. Du kannst nicht er sein, aber du kannst **wie** er sein. Genauso liebevoll, konzentriert, urteilsfrei, verständnisvoll ..."

„Was ist sein Geheimnis?"

„Es ist kein Geheimnis, das ihn umgibt. Es ist im Gegenteil sehr einfach. Da ist nichts, was im Verborgenen liegt. **Er ist so, weil nichts Böses in seinen Gedanken ist.** Das ist alles."

„Beim Bösen denke ich gleich an die Kirche und an den Teufel und alles das."

„Vielleicht hat die Kirche nur Namen für etwas gefunden, was schwer auszudrücken ist. Ich meine, das sogenannte Böse sind negative Gedanken. Gedanken des Neides, der Gier, der Scham, des Hasses, der Angst ..."

„Und Gabriel ist frei von solchen Gedanken?"

„Nicht immer. Aber er korrigiert seine Gedanken, wenn er sich schlecht fühlt. Das ist eigentlich nicht schwer. Dennoch sind die meisten Menschen, die ich kenne, so verliebt in ihre negativen Gedanken, dass sie sie gar nicht ablegen wollen."

„Weil sie sonst Verantwortung für ihr Leben übernehmen müssten!"

„Richtig! Dank ihrer negativen Gedanken können sie immer anderen die Schuld zuschieben."

„Aber, wie geht es jetzt weiter? Ich meine, mit dir und Horst?"

Natalie seufzt und sagt: „Das Problem habe ich mir selbst zuzuschreiben, weil ich nicht ehrlich mit Horst war. Darum muss ich die Suppe wohl auch auslöffeln, die ich mir eingebrockt habe."

„Du beichtest ihm alles?"

„Sag nicht ‚beichten'! Das hört sich so nach Schuld und Sühne an. Ich denke mir, was Gabriel kann, sollte ich auch hinbringen, oder?"

„Horst ganz annehmen?"

„Ja. Hätte ich nur nicht solche Angst davor!"

Ich habe das Gefühl, den Anschaltknopf einer großen Maschine gedrückt zu haben, die wiederum andere Maschinen in Gang setzt und die wiederum viele andere Maschinen in Gang setzen usw. und alles das ist nicht mehr aufzuhalten. Ich habe immer geglaubt, da gibt es Dinge in dieser Welt, die passieren, so, als ob Gott vom Himmel aus auf die Erde herabschaut und aus Langeweile Steine in den Ozean wirft, die für uns gigantische Felsen sind und mächtige Flutwellen auslösen, die sich kreisförmig nach allen Seiten ausbreiten und dort, wo sie an Land treffen, Katastrophen verursachen. Irgendwann trifft die Welle auch mich und ich kann nichts dagegen tun. Ich bin gezwungen, schwimmen zu lernen, um nicht unterzugehen. Jetzt haben sich die Vorzeichen verändert. Ich bin es, der die Steine (Felsen sind es noch nicht) ins Wasser wirft und Wellen auslöst, die Ereignisse und Menschen verändern können.

Ein Schicksal gibt es nicht. Alles, was auf dieser Welt passiert, passiert zuerst in deinem Kopf.

Diese Sätze sind mir nun in meinem Gehirn eingebrannt und je öfter ich sie anwende, umso mehr begreife ich, dass sie wahr sind. Ich erinnere mich an Schopenhauers Werk „Die Welt als Wille und Vorstellung" und an seine Feststellung, dass alles auf der Welt, vom klügsten Menschen bis hinab zu einem Stein, einen Willen hat, der ausgedrückt werden möchte. Aber wie habe ich bisher gelebt? Ich war tatsächlich der Meinung, mein eigener Wille sei zu gering, um gegen die Mächtigen dieser Welt anzukommen. Ich dachte, wenn ich versuche, meinen Willen durchzusetzen, würde das nur Probleme erzeugen. Es sei egoistisch, den eigenen Willen gegen den anderer zu setzen. Seinen Willen um jeden Preis durchzuboxen, schaffe nur Stress und machte mich zu einem unbeliebten Menschen.

Ich habe bislang nicht verstanden, dass ich die Fähigkeit besitze, durch die Veränderung meiner Gedanken eine Veränderung meiner Umwelt zu erzeugen. Es ist gar nicht nötig, in der materiellen Welt mit anderen einen Wettkampf um die Vorherrschaft des mächtigeren Willens auszufechten. Entscheidungen werden gewaltlos in der geistigen Welt getroffen.

Ich entscheide – zumeist unbewusst – was für ein Mensch ich sein will, erfolgreich oder erfolglos, arm oder reich, beliebt oder unbeliebt, gesund oder krank. Ich wage noch nicht daran zu denken, wie weit die Kraft der Vorstellung und des Willens reicht. Da gibt es nämlich noch eine Sache, an der ich zu kauen habe: Was ist mein Wille?

Wieder zitiere ich in Gedanken Schopenhauer:

Man kann zwar denken, was man will, aber nicht wollen, was man will.

Ich weiß, dass mein Unterbewusstsein darüber befindet, was ich will und was nicht. Und mir ist auch bekannt, dass sich mein Bewusstsein in einem Zustand ständiger Manipulation durch das Unterbewusstsein befindet. Also, wie frei ist mein

Wille tatsächlich? Aber wer sagt, dass das Unterbewusstsein in Stein gemeißelt und gegen jegliche Manipulation von außen gefeit ist? Sind nicht neu erlebte Glücksgefühle eine mächtige Waffe gegen negative Gedanken?

Ich weiß nicht, wie das alles funktioniert, aber für den Augenblick reicht es mir, zu wissen, **dass** es funktioniert. Vorerst bin ich sehr zufrieden damit, dass ich jetzt nie mehr eine rote Zahl auf meinem Bankkonto finde, dass ich für unsere Kanzlei einen prominenten Kunden gewonnen habe, dass ich mich körperlich fitter als je zuvor fühle, dass ich eigentlich sorgenfrei lebe.

Ja, eigentlich. Ich hatte mich an die Gespräche mit Natalie gewöhnt und ihre Nähe genossen. Zwar haben Gabriels Denkanstöße viel bewirkt, aber dann und wann flattern die Schmetterlinge in meinem Bauch doch wieder auf. Ich tröstete mich, dass ich Natalie gewiss immer wieder mal sehen würde, aber leider war dem nicht so.

Als ich nach drei Wochen immer noch nichts von Natalie gehört habe, greife ich ans Telefon. Es läutet und läutet. Kurz, bevor ich wieder auflegen will, höre ich ein Knarzen. Dann:

„Ja?"

Das ist eindeutig nicht Natalies Stimme.

„Hier ist Bernd! Bernd Krüger. Horst?"

„Mmm … was ist los?"

Seine Stimme hört sich an, als hätte ich ihn nach einer durchzechten Nacht aus einem komaartigen Tiefschlaf gerissen.

„Ich wollte nur hören, wie's euch geht."

Eine lange Pause, dann:

„Schlechter Scherz."

„Entschuldigung, ich hab lange nichts von euch gehört."

„Gibt nichts zu hören. Natalie ist weg."

Ich tu so, als wäre ich überrascht. „Oh! Das tut mir leid. Und – wie geht's dir?"

„Gut, gut … (langes Gähnen) Ist nur gestern ein bisschen später geworden."

„Hast du Lust zum Quatschen?"

Ein kurzes, pfeifendes Kichern, dann: „Worüber willst du denn quatschen?"

„Über Gott und die Welt, vielleicht tut's dir ja gut."

„Ja – vielleicht. Aber nicht jetzt. Muss noch ne Runde schlafen – und mich erst frisch machen, hihi!"

„OK. Wie es dir passt. Dann komm ich so gegen Mittag."

„Ja, Mittag. Bringst du Pizza mit? Wäre ein feiner Zug!"

Dann legt er auf.

Mir ist sofort klar: Horst hat es nicht verwunden, dass ihn Natalie verlassen hat. Er lässt sich gehen, hängt in seiner Wohnung herum und betrinkt sich. Wie sich das wohl auf das schwierige Verhältnis zu seiner Tochter auswirkt? Ich muss ihm wieder auf die Beine helfen, ehe er noch mehr Gutes in seinem Leben kaputt macht.

Drei Stunden später stehe ich mit zwei großen Pizzen an seiner Wohnungstür und bin auf das Schlimmste gefasst. Horst öffnet die Tür. Ich bin überrascht; er sieht nicht heruntergekommen aus, wie ich erwartet habe, sondern so wie immer, ein bisschen bieder, gut rasiert, Brille und Seitenscheitel. Ein Blick in die Wohnung verrät mir: Hier wurde aufgeräumt, aber nur im Schnelldurchgang. Nach leeren Weinflaschen suche ich vergebens. Dennoch – als Natalie noch hier wohnte, sah es anders aus. Jetzt ist es eindeutig eine Männer-Single-Wohnung.

Er sieht mich kurz an und lacht.

„Ach nee! Jetzt hast du doch tatsächlich – Das war doch nur ein Scherz! Du hättest wirklich keine Pizza besorgen müssen."

Er öffnet den Karton.

„Mmm! Pizza mit Gorgonzola! Da kann ich nicht wiederstehen! Rein mit dir!"

Nun sitzen wir am Wohnzimmertisch und lassen uns die Pizza schmecken. Unsere Hände und Lippen glänzen vom Fett, wir teilen uns eine Limo-Flasche und kleckern schon mal ein bisschen auf den Fußboden. Aber beim Essen ist Horst nicht annähernd so bieder wie er aussieht. Er liebt Finger-Food.

„Als du am Morgen mit belegter Stimme ins Telefon gelallt hast, habe ich gedacht, du bist total abgestürzt."

„So? Ich bin morgens nicht der Schnellstarter. Und außerdem – abgestürzt! Was denkst du von mir? Wirke ich so labil auf dich?"

„Naja – wenn man von der Freundin wegen eines anderen verlassen wird ..."

„Wie kommst du darauf, dass da ein anderer im Spiel ist?"

„Öhm ... das wusste ich nicht ...“

Fieberhaft suche ich nach einer Ausrede, aber mir fällt keine ein. Inzwischen hat Horst an meinem roten Kopf längst gemerkt, dass ich mich verhaspelt habe.

„Du hast schon mit ihr geredet, oder? Na, ist ja auch egal. Was soll ich dazu sagen? *C'est la vie!* Sie war mir eh ein bisschen zu anstrengend. Pizza auf der Wohnzimmercouch hätte ich mir bei ihr nicht erlauben dürfen.“

„Und jetzt? Genießt du es, allein zu sein?“

Horst nimmt ein paar Schlucke aus der Limo-Pulle.

„Ja. Durchaus. Ich kann kommen und gehen, wann ich will, aufräumen und putzen reicht einmal in der Woche. Ich kann flirten, wo immer ich bin, mit wem immer ich will ... ja, das Leben gefällt mir so, wie es gerade ist.“

„Natalie hat mir mal erzählt, dass du ein richtiger Grantler geworden bist, weil du das Gasthaus *Gipfelblick*, wie es jetzt heißt, vom Allgeier nicht kaufen konntest.“

„So? Hat sie das? Hmm ... ja, stimmt schon. Ich war damals ganz schön angesäuert. Was ich in dieses Projekt Arbeit reingesteckt habe! Und alles für die Katz‘! Aber das ist vorbei. Es gibt andere Projekte, die laufen wie geschmiert. Der Allgeier und sein Koch sind schon seltsame Typen; solche brauch ich nicht öfter.“

„Ohne dir zu nahe treten zu wollen – der Koch machte auf mich einen sehr sympathischen Eindruck.“

„Kann schon sein, aber überleg mal: würdest du als Spitzenkoch aus der Schweiz in ein kleines Bauernnest ziehen und für einen Hungerlohn arbeiten?“

„War er das – ein Spitzenkoch?“

„Aber ja! War in den feinsten Hotels angestellt! Das kannst du sogar im Internet recherchieren. Ich meine halt, wenn einer so was macht, dann stimmt doch was nicht, hm?"

„Vielleicht hatte er die Nase voll von all dem Rummel und wollte nur in Ruhe arbeiten?"

„Und dann kommt er ausgerechnet mit Natalie zusammen! Ist das nicht witzig? Die kann echt nervig sein, musst du wissen! Anhänglich wie eine Klette. Hahaha!"

Ich will gegen diese Aussage protestieren, kann mich aber gerade noch beherrschen.

„Ich weiß schon, was du sagen willst. Natalie ist eine tolle Frau, die könnte an jedem Finger zehn andere haben. Weißt du, was ich dir sage? Andere Mütter haben auch schöne Töchter."

Ich frage mich in diesem Moment, ob Horst wirklich glücklich ist, oder ob er sich und mir gerade etwas vorspielt. Ich kann mir einfach nicht vorstellen, dass sich jemand nach einer Trennung so glatt durchs Leben schlängelt, wie Horst es mir vorgaukeln will. Ich muss ihn aus der Reserve locken! Irgendeinen wunden Punkt muss es doch auch beim ihm geben!

„Und wie geht es deiner Tochter?", frage ich nicht ohne Hintergedanken.

„Die?"

Ich ertappe mich dabei, etwas Unerfreuliches zu erhoffen.

„Ja, deine Tochter. Wie heißt sie doch gleich wieder?"

„Lena. Der geht's gut. Gymnasium 9. Klasse. Ist halt in Mathe dieselbe Niete wie ich. Aber sie schafft das, da mache ich mir keine Sorgen. Sie geht zwar immer noch zu diversen Feiern, aber sie weiß, wann es genug ist. Ist halt dieses Alter, wo die

Jungs interessant werden. – Und du? Was machst du eigentlich, wenn du mal nicht die Berge hochrennst?"

„Ich?"

„Ja! Du, wer sonst?"

„Ich suche nach dem Sinn des Lebens."

Zu dumm, dass mir das jetzt rausgerutscht ist!

„Oho! Wie tiefsinnig!"

Mir ist klar, dass ich nun den Spott von Horst über mich ergehen lassen muss. Ich versuche ihm zuvorzukommen.

„Ja, du wirst lachen, ich habe schon viel von dem umgesetzt, was du mir damals im Biergarten erklärt hast. ‚Unsere Gedanken schaffen Realität' und so …"

„Na, sieh mal einer an! Und jetzt hast du deine Gedanken im Griff?"

„Weitgehend – ja, doch."

„Und wie machst du das? Ich meine, überprüfst du dich ständig, was du so denkst, und fragst dich, welche Auswirkungen das auf dein künftiges Leben haben könnte?"

„Ja, so etwa."

„Macht dir das denn Spaß?"

„Spaß? Es geht ja nicht immer darum, Spaß zu haben."

Horst schweigt eine Weile und wiegt den Kopf hin und her.

„Dachte ich es mir doch", sagt er schließlich.

„Was?"

„Als du gesagt hast, du suchst nach dem Sinn des Lebens, da wurde mir klar, dass du in der Gedankenfalle feststeckst."

„Was soll denn jetzt das schon wieder bedeuten?"

Betont genüsslich leckt er sich die Tomatensoße von den Fingern.

„Viele glauben, sie müssten nur die Theorie des Lebens begreifen, dann wären sie glücklich. Aber das funktioniert nicht. Das Leben muss gelebt werden, ganz praktisch. Eine andere Lösung gibt es nicht."

„Du meinst, bis in die Morgenstunden feiern, Pizza auf den Teppich kleckern und den lieben Gott einen guten Mann sein lassen? Mal im Ernst: Ist das ein Vorbild für deine Tochter?"

Ich bin wütend und leider fällt mir erst jetzt wieder ein, was mir Gabriel zum Umgang mit Wut empfohlen hat – sie in positiver Weise zu nutzen. Horst scheint diese Regel bereits zu beherrschen, denn obwohl er allen Grund gehabt hätte, auf mich wütend zu sein, sagt er:

„Ich weiß gar nicht, was du daran auszusetzen hast. Ist es falsch, mit jemandem seinen Geburtstag zu feiern, eine leckere Pizza zu verspeisen und zu wissen, dass Gott auch da ist, wenn ich ihn nicht wegen jedem Gehirnkrampf belästige?"

„Du windest dich heraus, indem du alles ins Lächerliche ziehst. Aber das wird auf Dauer nicht funktionieren. War dir denn die Beziehung zu Natalie gar nichts wert, dass du so locker über sie hinweg kommst?"

Wieder schweigt Horst eine Weile, während er gleichzeitig seine Augen starr auf mich richtet, als wolle er mich hypnotisieren. Was führt er denn jetzt wieder im Schilde?

„Du bist in sie verknallt, hm?", fragt er geradeheraus.

„Ich? Wie kommst du denn darauf?!", entrüste ich mich. „Was hat das überhaupt damit zu tun …?"

Aus! Vorbei! Ich habe mich verraten.

„Ist schon gut, Bernd! Ich hab's mir schon länger gedacht, nicht erst jetzt, wo du so für sie eintrittst, als ginge es um deine Beziehung und nicht um meine."

Ich setze noch einmal an, um etwas zu meiner Rechtfertigung zu sagen, doch ich sehe ein, dass es jetzt klüger ist zu schweigen. Ich nehme ein Stück Pizza und nuckle daran herum wie ein Kleinkind.

„Hör mal zu, Bernd! Und was ich dir jetzt sage, ist wichtig! Sehr wichtig!"

Ich nicke und mampfe weiter.

„Vor einiger Zeit habe ich dir gesagt, dass alles, was du denkst, entscheidend ist für dein Leben. Heute sage ich dir auch, warum das so ist."

„Ich bin ganz Ohr."

„Wir sind alle miteinander verbunden. Nicht nur, was du denkst, sondern im besonderen Maße, was du fühlst, verändert alles und jeden."

„Du redest von Telepathie?"

„So kann man es nennen. Nur geht es viel leichter als Telepathie. Es geht automatisch, immer. Die meisten Menschen merken es gar nicht."

„Sag mir ein Beispiel!"

„Gut. Bleiben wir beim Thema. Du liebst Natalie und sie fühlt sich geliebt, auch wenn du es ihr nicht gesagt hast. Sie fühlt deine Liebe, aber weiß nicht, woher genau dieses Gefühl kommt. Sie spürt wahrscheinlich ein warmes Gefühl im Herzen. Sie fühlt sich geborgen und kann gar nicht genau sagen, warum. Ich jedoch spüre deine Wehmut und deine leichte Verzweiflung; nicht so deutlich, wie sie von dir empfunden wird, so doch in einer Weise, die mich lähmt. Wir sind wie alte Radiogeräte. Jeder stellt seinen ‚Empfänger' auf die Schwingung ein, die für ihn gerade wichtig ist. Natalie auf Liebe, ich auf Frust. Die Folge ist, ich habe in der letzten Zeit wenig Freude am Arbeiten, wie du siehst. Stattdessen hänge ich meinen Träumen nach. Aber das ist natürlich nicht deine Schuld. Denn ich allein entscheide, ob ich deine Schwingungen übernehme oder nicht. Es ist wohl so, dass ich zurzeit eine gewisse Bereitschaft zum Faulenzen mitbringe."

„Tatsächlich? Aber was ist mit deinen Empfindungen? Spüre ich sie auch?"

„Sicher! Du hast sofort, nachdem du diesen Raum betreten hast, meine leichte Apathie wahrgenommen, und das ist es, was dich wütend macht, denn dein Bestreben ist es, Natalie zurückzuholen, egal wie, so dass sie wieder in deinem Umfeld ist. Du hast darauf gehofft, dass ich um sie kämpfe, und weil ich es nicht tue, beschimpfst du mich, weil du darauf eingestellt warst zu kämpfen. Würde ich auf dein Verhalten mit Gegenangriffen reagieren, dann würde deine Verzweiflung überkochen und wer weiß, was du dann tun würdest! Deshalb reagiere ich auf deine Wut mit übertriebener Gelassenheit. Du siehst: Niemand ist allein auf dieser Welt. Darum brauchen wir einander so sehr."

Ein Kloß steckt in meinem Hals; es ist kein Pizzastück. Ich will etwas erwidern, aber ich bekomme kein Wort heraus. Horst gönnt mir eine kleine Verdauungspause – sehr rücksichtsvoll von ihm, denn ich habe viel zu verdauen!

Dann sagt er: „Wenn ich mit irgendeiner Bemerkung Unrecht habe, sag's mir! Ich bin nicht allwissend. Ich bin ein Mensch und ich kann mich irren."

„Nein, alles stimmt, was du gesagt hast – soweit ich das beurteilen kann. Es ist nur – "

„Was?"

„Ich kann nicht begreifen, wie du mit dieser Leere in deinem Herzen leben kannst. Es **muss** doch so sein, dass du Natalie vermisst. Du hast doch früher nicht allein in deinem Wohnzimmer gesessen, sondern dich mit ihr unterhalten oder … oder … was weiß ich – mit ihr zusammen Pizza gegessen. Wenn das alles plötzlich wegfällt, dann entsteht ein Vakuum, das ist doch nur logisch."

„Das klingt logisch, aber nur aus deiner Warte. Tatsächlich verhält es sich mit der Liebe anders. Ein weiser Rabbi hat einmal seinen Schüler beim Essen gefragt: ‚Warum isst du Fisch?' Der hat geantwortet: ‚Weil ich Fisch liebe.' ‚Ah!', sagte darauf der Rabbi. ‚Du liebst den Fisch und darum holst du ihn aus dem Meer, tötest ihn und isst ihn auf? Das ist aber eine seltsame Art der Liebe.' Verstehst du, was er damit meinte?"

„Wahrscheinlich, dass es keine Liebe ist, wenn man jemanden braucht, um seine Bedürfnisse zu befriedigen."

„Sehr gut! Du hast vollkommen recht. Wenn ich einen Menschen liebe wie einen Fisch, dann will ich ihn haben, weil ich mir davon verspreche, dass er sehr viele meiner Bedürfnisse befriedigt. Aber wahre Liebe nimmt nicht, sie gibt."

„Das hört sich ja ganz wunderbar an, macht für mich jedoch wenig Sinn. Wenn ich also eine Frau liebe, dann sollte ich, deinen Empfehlungen zufolge, diese Frau beschenken, am besten mit etwas, was sie glücklich macht. Die Frau denkt sich dann wahrscheinlich: ‚Netter Kerl! Den muss ich mir warm halten', und das war's dann. Was springt für mich dabei heraus? Etwa ein Kuss? Eine liebevolle Umarmung? Erzähl mir nicht, dass ich mich dann mit der Genugtuung zufrieden geben muss, ehrenwert gehandelt zu haben!"

„Tu ich nicht! Wir sprechen von verschiedenen Arten der Liebe. Ich spreche von Agape, du von Eros. Das eine ist die göttliche Liebe, das andere mehr so etwas wie Wollust."

„Mag schon sein. Komischerweise treten diese beiden meistens nur zusammen auf. Diese Trennung ist doch albern."

„Moment!"

Horst tippt auf seinem Handy herum. Nach einer Weile liest er vor:

„Liebe wird häufig als eine auf den freien Willen gegründete Beziehung zwischen zwei Personen gesehen, die ihren Wert nicht im Besitz des adressierten Objekts findet, sondern sich im dialogischen Raum zwischen den Liebenden entfaltet. Die Liebenden erkennen einander in ihrer Existenz wechselseitig an und fördern sich ‚zueinander strebend' gegenseitig."

Er sieht mich erwartungsvoll an.

„Das findet man in *Wikipedia* als Definition für Liebe."

„Ach ... und was willst du mir damit sagen?"

„Ist doch klar! Liebe ist nicht etwas, was in mir ist, sondern zwischen mir und der geliebten Person. Also kann der Verlust dieser Person in mir kein Vakuum verursachen."

„Na schön! Dann sind alle Leute doof, die tottraurig sind, wenn ihr Ehepartner nach 40 Jahren stirbt."

„Ach was! Das kann man nicht vergleichen. Nach 40 Jahren hat man sich so aneinander gewöhnt, das hat mit Liebe gar nichts mehr zu tun. Man gewöhnt sich ja auch an ein Haustier oder an eine Wohnung oder an eine Fernsehserie."

„O.K. Erzähl mir nicht, du hättest dein Handy um Rat gefragt, als dich Natalie verlassen hat! Was hast du tatsächlich empfunden?"

„Du kannst es mir glauben oder nicht: Ich habe tiefe Liebe empfunden, nicht auf Natalie bezogen, sondern in mir drinnen." Er tippt auf seine Brust. „Da drin fühle ich, auch jetzt noch, einen riesigen warmen, hellen Lichtball."

Ich schüttele ungläubig den Kopf und weiß nicht, was ich dazu sagen soll.

„Und wenn du mich fragst, woher dieses Licht gekommen ist, dann kann ich dir keine eindeutige Antwort geben. Ich weiß nur, dass ich zu dem Zeitpunkt, als mir klar wurde, dass ich Natalie verloren habe, eine tiefe Liebe und Dankbarkeit spürte. Und irgendwie ist daraus dieser Lichtball geworden."

„Gib's zu! Du hast Natalie noch lange nicht aufgegeben!"

„Wenn sie zu mir zurückkommt, werde ich sie nicht wegstoßen. Aber wenn nicht – dieses Gefühl in der Brust gibt mir alles, was ich brauche."

„Und wenn du abends ins Bett gehst, bist du mit deinem Teddybären zufrieden? Wenn du allein unterwegs bist, redest du dann mit dir selbst?"

„Ich sage ja nicht, dass ich nun ein Eremit werden will. Ich habe nur dieses selbstzerstörerische Begehren früherer Tage abgelegt."

„Und das soll ich dir glauben? Natalie sagte mir etwas anderes."

„So? Na, was denn?"

„Dass du in der letzten Zeit ein sturer Fanatiker geworden bist. Besessen von der Idee, dieses Gasthaus zu kaufen."

Warum habe ich das jetzt gesagt? Will ich Natalie und Horst gegeneinander aufbringen? Will ich Horst beweisen, dass er lügt? Wozu???

Horst lehnt sich auf der Couch weit zurück. Anstelle einer Erwiderung gähnt er mit weit offenem Mund.

„Oder hat sie sich das etwa nur ausgedacht?", füge ich hinzu, in der Hoffnung auf eine Antwort.

„Nein, hat sie nicht", bringt er nun endlich mit einem erneuten Gähnen hervor. „Aber mal unter uns – wirke ich auf dich wie ein Fanatiker?"

„Nein, jetzt gerade nicht …"

„Na also! Was spielt es für eine Rolle, wie ich gestern war? Nimm mich wahr, wie ich jetzt bin, alles andere ist eine Projektion deiner Gedanken über das Gestern. Völlig wertlos."

„So ein Unsinn! Wenn du gestern einen Menschen ermordet hättest, dann hätte das sehr wohl eine Bedeutung. Ich würde dann kaum gemütlich mit dir Pizza essen."

„Willst du jetzt spitzfindig sein, nur um das letzte Wort zu haben, oder etwas dazulernen?"

„Jaaa – na gut", gebe ich zähneknirschend zu. „Aber tu nur nicht so, als wärst du perfekt!"

„Tu ich das? Nur weil ich versuche, mich weiter zu entwickeln, bin ich noch lange nicht perfekt. Jetzt komm! Leg deinen Ärger ab! Natalie hat sich für einen anderen entschieden. Das ist nun mal so. Wenn ich das nicht akzeptieren könnte, wäre das nur der Anfang einer langen Leidensgeschichte. Akzeptiere es du auch!"

Ich weiß sehr gut, dass Horst recht hat. Warum fällt es mir nur so schwer, das zuzugeben?

„Wenn ich das akzeptiere, habe ich niemanden mehr, den ich anschmachten kann", murmle ich vor mich hin. „Das ist dann so, als hätte ich meine Liebesfähigkeit verloren."

Horst nickt und hält beide Daumen hoch.

„Das ist endlich mal eine ehrliche Antwort! Und ein interessanter Aspekt. Ich glaube, wir suchen unsere Partner vor allem aus diesem Grund, dass wir ein Objekt für unsere Liebe brauchen, die danach lechzt, sich ausleben zu dürfen."

Tränen schießen in meine Augen, ohne dass ich mir der Ursache bewusst bin. Ich räuspere mich verlegen und sage:

„Und was, wenn wir solch ein Objekt nicht finden?"

„Unter sieben Milliarden Menschen sollte es schwer sein, einen zu finden, dem wir unsere ganze Liebe schenken können?"

„Das gilt nicht! Ich lebe hier in dieser Kleinstadt mit nicht einmal 20.000 Menschen, davon ist die Hälfte verheiratet oder in einer Beziehung, ein weiteres Viertel ist über fünfundsechzig Jahre alt und vom übrigen Viertel sind eine Hälfte Kinder und die andere Hälfte dumm oder hässlich oder beides. Da sind die Chancen, ein geeignetes Liebesobjekt zu finden, schon geringer."

Da schaut Horst ganz mitleidig und streicht mir mit der Hand über den Kopf.

„Du armer, armer Junge! Keiner hat dich lieb, was?"

Ich stoße seinen Arm zur Seite.

„Hör auf! Das ist nicht lustig."

„Ist dir eigentlich schon mal aufgefallen, dass es nicht nur die Hässlichen und Doofen sind, die einen Partner abkriegen? Ganz im Gegenteil: Wenn du dich umsiehst, dann wirst du bemerken, dass die Chancen, den geeigneten Partner zu finden, für diese Personengruppe höher zu sein scheint als für die Intellektuellen. Und warum ist das wohl so? Klar! Denken ist nicht immer gut! Hermann Hesse hat davon gesprochen, dass man am Denken erkranken kann. Schon mal darüber nachgedacht? Oh! Nein! Nicht nachdenken! Nach-spüren wäre die bessere Alternative."

Er lacht. Ich muss wohl oder übel mitlachen, obwohl ich mich dagegen wehre.

„Glaube ja nicht", spricht Horst weiter, „dass Denken immer zu einem Ergebnis führt! Das ist nur selten der Fall. Der Bauch – " er klopft auf sein kaum vorhandenes Bäuchlein, „ – ist der bessere Wegweiser."

„Du meinst, wir spüren im Bauch, was falsch oder richtig für uns ist?"

„Na klar! Unser Kopf führt nur aus, was ihm der Bauch sagt, und erfindet die ‚logischen' Begründungen dafür."

„Hmm … Wenn ich spontan ausführe, was mein Bauch mir sagt, würde allerhand Dummheiten begehen!"

„Spontanes Handeln ist wieder etwas anderes. Wenn du eine Entscheidung treffen musst und den Bauch um Rat fragen willst, stell dir so lebendig wie möglich vor, wie du dich nach jeder der möglichen Entscheidungsvarianten fühlst. Begib dich in deiner Phantasie in die jeweilige Szene hinein und dann beobachte dein Gefühl im Bauch! Du wirst sehr klar erkennen, welche Entscheidung das bessere Gefühl verursacht."

„Na gut. Wenn ich etwas partout **will**, ist das dann ein Fingerzeig von meinem Bauch?"

„Sicher nicht! Eine der *edlen Wahrheiten* im Buddhismus lautet: *Leiden entsteht durch Gier*. Haben wollen ist nichts anderes als Gier. Wir glauben, einen Mensch oder einen Gegenstand zu besitzen, macht uns glücklich, doch in Wahrheit sehnen wir uns nur nach dem Gefühl, das uns dieser Mensch oder Gegenstand vermitteln soll. Und dieses Gefühl kommt nicht von außen, es kommt aus uns selbst."

„Oho! Ich wusste gar nicht, dass du mit Buddha sympathisierst!"

„Warum nicht? Wusstest du, dass Buddhas Lehren mit den Erkenntnissen der Quantenphysik übereinstimmen? Die Absicht des Beobachters verändert die Materie – das ist die Grundaussage."

„Wie …? Also du glaubst auch an diese Löffelverbieger und Hypnotiseure?"

„Du denkst, das sind alles Scharlatane? Wenn jemand in einem Gefrierraum erfriert, obwohl der gar nicht eingeschaltet ist, oder wenn jemand Brandblasen auf der Hand bekommt, weil man ihm gesagt hat, dass das Geldstück, das er hält, glühend heiß ist, obwohl das gar nicht stimmt, wie würdest du das nennen? Diese Ereignisse sind keine Seltenheit. Denk an den Placeboeffekt!"

„Gut! Es leuchtet mir noch gerade so ein, wenn du behauptest, dass unser Geist unseren Körper formt. Aber dass unser Geist auch andere Körper formt, das geht mir dann doch zu weit."

„Und doch gibt es wissenschaftlich anerkannte Experimente, in denen nachgewiesen wird, dass sich Zufallsgeneratoren durch Gedanken von Probanden beeinflussen lassen. Aber lassen wir das mal beiseite. Ich frage dich etwas ganz anderes: Stell dir vor, du bist frisch verliebt. Wie siehst du dann die

Welt? Könntest du nicht jeden Menschen umarmen? Sind nicht alle deine Alltagsprobleme ganz klein geworden?"

„Doch. Sicher."

„Und wenn du Ärger mit den Nachbarn hast oder mit deinem Chef, wenn das Finanzamt eine Nachzahlung fordert, wie empfindest du dann die Welt? Ich nehme mal an, in solchen Tagen fällt dein Frühstücksbrot bestimmt mit der Marmeladenseite zuunterst auf den Boden, du stößt dir den Kopf an einer offenen Schublade, dein Fahrrad hat einen Platten und alle Kugelschreiber sind plötzlich leer. Was meinst du? Ist es so?"

Ich denke nach. Wenn das stimmt, was Horst da sagt ...

„Du willst also damit sagen, das alles ist kein Zufall?"

„Es gibt keine Zufälle. Du wählst aus, was du wahrnehmen willst. Dein durch deine Stimmungen gefärbter Fokus auf die Welt lässt wahrscheinliche Ereignisse real werden. Dabei spielt es keine Rolle, ob du Ereignisse erwartest oder befürchtest, sie werden eintreten, je intensiver deine Emotionen, desto schneller."

„Du sagst also, die rosarote Brille führt dazu, dass die Welt rosarot wird?"

„Ganz genau! Der Mensch, der die Welt liebt wie ein Kind, bekommt seine Märchenwelt ebenso, wie der schwermütige, ernsthafte, sorgenvolle Erwachsene seine Welt voller Bedrohungen und Katastrophen."

„Na komm! Wir wissen doch, dass es immer irgendwelche Katastrophen auf der Welt gibt, ob wir nun unseren Fokus darauf richten oder nicht."

Horst geht einmal im Zimmer auf und ab. Dann hebt er den Zeigefinger wie ein Lehrer, der die Schüler zur Aufmerksamkeit mahnt.

„Vielleicht kannst du dich noch an die Zeit erinnern, als du ein Kind warst mit – sagen wir mal – sechs Jahren? Schulbeginn! Jeder erinnert sich an diesen Tag, als er mit einer großen Schultüte an seinem Platz im Klassenzimmer stand. Weißt du noch, wie das war?"

„Jaja – natürlich! Ich kann mich noch genau an dieses mulmige Gefühl im Bauch erinnern, als ich da vorne saß – in der ersten Reihe, zweiter Platz von links – und ganz vorsichtig meinen Banknachbarn beäugte. Mann, war ich aufgeregt!"

„Und hast du damals daran gedacht, dass irgendwo auf der Welt eine Katastrophe passiert?"

„Nein, sicher nicht."

„Gab es in deiner Welt damals etwas anderes als dieses Klassenzimmer, dein Zuhause, deine Eltern und Geschwister?"

„Wohl kaum, aber – "

„Du willst sagen, trotzdem hat es damals diese Katastrophen gegeben. Vielleicht, vielleicht auch nicht. Aber was hätte es verändert, wenn du damals als Sechsjähriger im Fernsehen mitbekommen hättest, dass es z.B. in der Türkei ein Erdbeben gegeben hätte, bei dem 200 Menschen ums Leben gekommen wären?"

„Ich hätte die Bilder davon in meinem Kopf mitgenommen und hätte wahrscheinlich gedacht, wie gut es ist, dass es bei uns kein Erdbeben gibt."

„Ja, wahrscheinlich. Und jetzt stell dir mal vor, in derselben Nachrichtensendung wäre über einen Krieg und eine Hungersnot und über einen Umweltskandal usw. berichtet worden. Du hättest das damals kaum alles verstanden, aber die Bilder davon hätten sich in deinem Gedächtnis eingenistet und du hättest sie in das Klassenzimmer mitgenommen. Du hättest sie überall hin mitgenommen, so wie es Erwachsene heute täglich tun."

„Ich verstehe, was du mir sagen willst. Diese Bilder beschäftigen uns ständig und lenken uns ab von dem, was wir im Augenblick tun."

„Und dabei nützt es den Menschen, die von den Katastrophen betroffen sind, überhaupt nicht. Im Gegenteil: **Unsere Gedanken erschaffen Realität!** Du weißt, wie mächtig unsere Gedanken sind. Auch ein Kind sieht die Welt nicht durch eine rosarote Brille, doch die Sorgen, mit denen es sich befassen muss, sind real und sie sind lösbar. Ein Kind, das eine schlechte Note bekommt, weiß, dass es von seinen Eltern vermutlich gerügt wird und weiß auch, dass es diese Situation künftig vermeiden kann, wenn es mehr lernt. Aber was soll es gegen Erdbeben und Kriege unternehmen?"

„Es kann sich später politisch engagieren und Organisationen beitreten, die Einfluss auf die Machthaber nehmen."

„Ach Quatsch!" Er schlägt mit der flachen Hand auf den Tisch. „Gerade die Menschen, die ihre Zeit und ihr Geld und ihre Hoffnung in solche Missionen stecken, erleben ihre Machtlosigkeit schmerzhafter als andere. Schau mich nicht so erschrocken an! Versteh doch: **Die Welt wird nicht von unseren Taten gesteuert, sondern von unseren Gedanken!**"

Mir kommt ein Satz in den Sinn und spreche ihn aus:

„Lasset die Kindlein und wehret ihnen nicht, zu mir zu kommen; denn solcher ist das Himmelreich."

Horst klatscht in die Hände.

"Du hast es! Das ist es, was ich dir die ganze Zeit über sagen will! Das Himmelreich – das ist deine Seele! Wenn du rein bist von schlechten Gedanken, wenn du in die Welt blickst und den Himmel auf Erden erkennst, in diesem Augenblick hast du ihn erreicht. Schau in die Welt, wie sie ein Kind sieht! Es kann während eines Spaziergangs niederknien und sich mit einem Steinchen beschäftigen. Es kann stundenlang in den Himmel schauen und die Wolken betrachten, ebenso wie es kleinen Krabbeltieren mit einer Aufmerksamkeit zuschauen kann, die einem Erwachsenen fremd ist. Es kann sich von Herzen freuen, wenn es schneit. Es kann Tiere ebenso lieben wie Menschen. Ein Kind kann über die gesamte Schöpfung staunen. **Ein Kind weiß, dass es im Himmel ist.** Das ist das ganze Geheimnis."

Horsts Begeisterung macht mich stutzig. Ich weiß nicht, woher das kommt, dass ich bei Menschen, die sich fanatisch über einen Gedanken freuen können, argwöhnisch bin. Es wäre jetzt ein Leichtes, mit einzustimmen in diese Begeisterung, Horst die Hand zum Einschlagen entgegen zu halten und laut zu lachen. Lachen worüber? Dass man jetzt weiß, wie das Leben zu leben ist?

Ich wiege den Kopf hin und her, um Horst meine Skepsis schonend nahe zu bringen.

„Gut! Wenn ich auch weiß, dass ich im Himmel bin – was ändert das?"

Horst wirft seine Stirn in Falten.

„Wie? Was meinst du? Ich verstehe deine Frage nicht."

„Naja – wenn ich auch weiß, dass ich im Himmel bin, deshalb werden sich morgen auf der Welt dennoch die Menschen gegenseitig die Köpfe einschlagen. Und ich werde mich morgen müde aus dem Bett wälzen und mich fragen, ob ich nicht doch den falschen Beruf gewählt habe. Ich werde am Supermarkt vorübergehen und mich über die Dumping-Preise für tierische

Produkte ärgern. Ich werde die Abgase in der Innenstadt einatmen und über die Menschheit den Kopf schütteln. Ich werde – "

„Halt!" schreit Horst. „Hör auf! Hör auf damit, es ist genug!"

„Es ist doch so! Habe ich nicht recht?"

„Bevor du weiterhin solchen Unsinn redest, gib mir deine Hand!"

„Wieso?"

„Weil du schon nach wenigen Minuten vergessen hast, dass wir alle miteinander verbunden sind. Ich habe versucht, dir zu erklären, was die Schwingungen der Psyche untereinander bewirken, aber du willst es nicht begreifen. – „Los! Gib mir deine Hand!"

Ich gebe ihm zögernd meine Hand. Er umschließt sie mit seiner. Sie fühlt sich sehr warm an.

„Schließ die Augen!"

Seine Hand wird immer wärmer, beinahe heiß. Sie wird so heiß, dass ich sie zurückziehen will, aber sein fester Griff hindert mich daran. Jetzt wird das Gefühl an meiner Handfläche angenehmer. Ich empfinde es so, als würden unsere Hände verschmelzen. Die Wärme steigt in meinem Arm hoch, Stück für Stück. Zuerst fühle ich sie in meinem Unterarm, dann in meinem Oberarm, in meiner Schulter, in meiner Brust und schließlich fühle ich Wärme in meinem Kopf, genau so, als hätte ich Fieber.

„Entspann dich!", sagte Horst. „Hör auf zu denken."

Ich versuche, meine Stirn zu entspannen und meine Schultern fallen zu lassen. Nun werde ich müde, aber es ist keine Müdigkeit, so wie kurz vor dem Einschlafen, wenn man wirres Zeug denkt. Ich fühle mich sehr klar im Kopf, als hätte jemand mit einer Dusche in meinem Kopf mal ordentlich sauber gemacht und alle unnützen, unschönen Gedanken weggespült.

„Sprich jetzt laut aus, was du sagen willst!", sagt Horst. „Sag einfach das, was dir jetzt in den Sinn kommt."

Ich öffne meinen Mund und brauche nicht erst darüber nachzudenken, was ich sage. Es ist einfach da, so wie ein Gedicht, das man in der Schule gelernt und immer wiederholt hat.

„Ich bin verantwortlich für das, was ich sehe.

Ich habe mir meine Gefühle selbst ausgesucht undich entscheide selbst, wie viel Gutes ich in mein Leben bringen kann.

Um alles, was mir widerfährt, habe ich selbst gebeten.

Ich bekomme immer das, worum ich bitte." *)

„Sehr schön!", höre ich Horst sagen. Gleichzeitig wird mein Kopf jetzt wieder kühler und im Nu lösen sich unsere Hände. Ich öffne die Augen.

„Was hast du gemacht?", frage ich.

Horst lacht und fragt seinerseits: „Was hast du gesagt?"

Ich denke nach, aber nur einzelne Wortfetzen tauchen in meiner Erinnerung auf.

„Ich weiß nicht ... Irgendwas von Verantwortung und so."

„Richtig! Streng dich nicht weiter an. Ich habe aufgenommen, was du gesagt hast. Hör es dir nochmal an, denn es ist sehr wichtig. Du solltest es nicht wieder vergessen."

*) aus *Ein Kurs in Wundern*, Abschnitt II, Kapitel 21

„Er drückt auf seinem Handy herum und dann höre ich meine Stimme ...

„Das habe ich gesagt? Wie komme ich dazu? Das sind Sätze, die ich so noch nie gehört oder gelesen habe."

„Es waren auch keine Sätze aus deiner Erinnerung, sondern aus meiner. Ich habe sie dir sozusagen geschickt."

„Über die Hände?"

„Richtig! Das ist nicht schwer. Ich konzentriere mich auf diese Sätze, stelle eine Einheit zwischen uns her und schon fliesen sie dorthin, wo du sie speichern und artikulieren kannst."

„Unglaublich!"

„Eben darum können es so wenige Menschen, weil sie nicht daran glauben, dass es funktioniert."

„Nun – es ist auch schwer zu glauben, nachdem, was wir über den menschlichen Körper wissen."

„Ach, was wissen wir denn schon? Kann ein Biologe erklären, was ein Gedanke ist? Oder wie wir unsichtbar miteinander kommunizieren, über die bekannten fünf Sinne hinaus? Ein Gedanke ist Energie in einer bestimmten Form, mehr wissen wir nicht. Warum sollte es schwierig sein, diese Energieform auf andere zu übertragen? Wir können auch Musik oder Bilder von einem Medium auf das andere übertragen, mit solch einem kleinen Gerät." Er zeigt auf sein Handy. „Und alle akzeptieren, dass es funktioniert. Um wie viel ist der menschliche Geist komplizierter, umfassender, raffinierter als so ein Kästchen? Wieso zweifeln wir daran, dass wir ein absolut geniales Energieverarbeitungssystem mit uns herum tragen?

Nur zur Erinnerung: Wir glauben daran, dass bestimmte Gegenstände fest sind, vor allem, wenn sie aus Holz, Metall, Stein usw. sind, und das obwohl laut unseres derzeitigen Wissensstandes diese Dinge zu 99,999 % und noch etliche 9er weiter aus leerem Raum bestehen. Und selbst wenn man annimmt, dass dieser Raum gar nicht so leer ist, wie man früher glaubte, ist er zumindest mit vielen subatomaren Teilchen angefüllt, die sich alles andere als still verhalten. Sie sind in Bewegung, pausenlos. Wie können wir also unseren Sinnen trauen und mit Sicherheit sagen: ‚Dieser Stein ist hart!'?"

„Ich weiß es nicht."

„Und hier kommt wieder die Quantenphysik ins Spiel! Wir betrachten die Teilchen, die einen Stein bilden, in der sicheren Erwartung, er sei hart – und er wird hart, weil Energie zu der Materie wird, die wir mit unserer Absicht erschaffen."

„Ja – gut … Natürlich ist das vorstellbar. Nur habe ich noch niemanden gesehen, der einen Stein durch Betrachtung weich bekommen hat."

„Und dennoch können Steine schmelzen, wenn sie hoch erhitzt werden. Was passiert bei großer Hitze? Die Molekularbewegung wird so stark, dass die Teilchen sich nicht mehr aneinander ‚festhalten' können. Warum sollte es nicht möglich sein, die Teilchen durch andere Einflüsse als durch Hitze zur Auflösung zu bewegen? Du hast bestimmt gespürt, wie heiß unsere Handflächen vorhin geworden sind."

„Stimmt. Und du willst sagen, dass wir nur die richtige Technik erlernen müssten, um solche Dinge wie Steinerweichung zu bewerkstelligen?"

„Die richtige Technik? Naja – vielleicht nur die richtige geistige Haltung. Du weißt noch, was du vorhin selbst ausgesprochen hast? *„Ich bekomme immer das, worum ich bitte.* Womöglich reicht das richtige Bitten aus."

„Bitten oder Beten?"

„Das dürfte dasselbe sein."

„Hast du es denn schon ausprobiert?"

„Ja, aber ich kann dir keine eindeutigen Beweise liefern. Viele Dinge und Ereignisse, um die ich gebeten habe, sind eingetreten. Andere wieder nicht, und im Nachhinein muss ich sagen: Gott sei Dank! Ich glaube inzwischen fest daran, dass Gebete nicht erhört werden, wenn sie schlecht für uns sind."

„Erhört? Von wem? Sind wir jetzt in einer Religion angekommen?"

„Wäre das so schlimm? Wenn die Wissenschaft nicht weiter weiß ... Sogar Einstein hat die Existenz eines Schöpfers bejaht. Im Übrigen finde ich es albern, wenn manche Leute nur glauben, was sie sehen. Wusstest du, dass wir nur etwa 4 % von dem wahrnehmen, was uns umgibt? Für alles andere fehlen uns die Sinne."

„Oh! D.h., dass wir zu 96 % blind sind?"

„Ja! So könnte man es ausdrücken. Nun lass einen von Geburt an blinden Menschen die Welt beschreiben! Er würde sie als eine Wolke von Gerüchen und Tönen beschreiben, die alle tastbaren Dinge umhüllen. Er würde eine andere Welt ‚sehen', die nicht weniger real ist als die des normal Sehenden. Hast du dich schon mal gefragt, wie ein Tier die Welt sieht? Ein Hund, ein Vogel, eine Ameise? Sie sind mit ganz anderen Sinnen ausgestattet als wir Menschen, zum Teil mit solchen, die den unseren haushoch überlegen sind, zum Teil mit weniger gut ausgebildeten. Jedes Wesen erkennt den Teil der Welt, den ihm seine Sinne spiegeln. Wenn unseren Sinnen 96 % der Welt verschlossen bleiben, was bleibt uns dann anderes übrig, als an das Über-Sinnliche zu glauben?"

„Hmm ... Woran glaubst du?"

„Ich glaube an eine weltumspannende geistige Macht, die in allem ist, was existiert. Und wir können uns ihrer bedienen, sofern es allem zum Besten dient."

Diese Aussage wirkt sehr besänftigend auf mich. Sie sickert in mich ein wie Tinte in ein Löschblatt.

„Weißt du noch, wie ich am Telefon zu dir gesagt habe, wir könnten über Gott und die Welt quatschen? So wörtlich habe ich das gar nicht gemeint."

In den nächsten Tagen wird offenbar, dass mich das Gespräch mit Horst verändert hat. Ich fühle einen beständigen Frieden in mir. Mit sehr viel mehr Gelassenheit beginne ich meinen Alltag, gerade so, als würde ich die Welt von einem Hochsitz aus betrachten. Ich sehe mehr die Zusammenhänge als die Details. Wenn ich in eine Situation gerate, in der Streit und Ärger drohen, kann ich sie ganz leicht entschärfen, indem ich einmal tief durchatme und mich darauf besinne, dass der Geist Gottes überall ist, auch in lästigen und aggressiven Menschen und nicht zuletzt auch in mir, und alles wird sogleich friedlich. Ich gehe nicht durch die Welt, ich schwebe darüber hinweg wie auf einer Wolke, die mich weich und sicher trägt.

Nein! Ich stehe nicht unter Drogen! Auch wenn sich das alles vielleicht so anhört. Ich glaube vielmehr, dass ich nüchterner bin als jemals zuvor. Ich bin mehr denn je der Überzeugung, dass ich in den vergangenen drei Jahrzehnten etwas in mir unterdrückt habe. Es fiel mir nicht auf, weil es von je her alle tun, weil es Standard geworden ist. Ich habe unterdrückt, was ich als meine Quelle bezeichnen möchte, aus der ohne Unterlass Energie und Freude fließen. Was ich unterdrückt habe, ist aber noch mehr als meine eigene Energiequelle, **ich habe den Kontakt zu Gott unterbunden**, nicht komplett, das ist gar nicht möglich, ich habe ihn wohl eher stumm geschaltet und geglaubt, in meinem Verstand sei alles, was ich für mein Leben brauche. Mehr als Weisheit, dachte ich, könne man nicht erreichen. Was für ein tragischer Irrtum!

Aber wie bediene ich nun dieses Empfangs- und Sendegerät in meinem Bauch?

Ich achte nicht so sehr darauf, was ich zu tun habe, sondern wie ich es tue. Der Friede, den ich in mir spüre, ist so attraktiv, so verführerisch, dass ich jedem ein Stück davon abgeben will; das ist meine erste Pflicht geworden. Wenn ich gegen diese Pflicht verstoßen habe, sei es aus Unachtsamkeit, sei es aus dem alten ängstlichen Denken heraus, ich würde von jemandem bedroht, dann quält mich das mehr als eine Woche voller Überstunden. Dann suche ich fieberhaft nach einer Gelegenheit, dieses Versäumnis wieder zu beheben. Und weil ich dieses Gefühl des Friedens so sehr liebe, habe ich aufgehört, Alkohol und Fleisch zu mir zu nehmen, weil es meinen Frieden ganz offensichtlich stört.

Als wäre ich mit diesem inneren Frieden nicht bereits genug beschenkt, mache ich täglich außergewöhnliche Erfahrungen, die ich ebenso als Wunder bezeichnen kann, ohne rot zu werden ...

Zu Beginn dieser Woche stieß ich beim Betreten meiner Arbeitsstelle beinahe mit meinem Chef zusammen. Ich sah, wie er kurz zusammenzuckte, so wie ich auch, dann kurz etwas Unverständliches murmelte und eilig weiterging. Er sah müde und gehetzt aus. Früher – als ich noch ein kopfgesteuerter Mensch war – hätte ich meinen Kollegen von dieser Begegnung erzählt, hätte wahrscheinlich gesagt, wie unfreundlich sich der Chef wieder einmal benommen hat, doch jetzt – als neuer Mensch – dachte ich mir: „Es tut mir leid, dass der Chef schon so früh am Tag seinen Seelenfrieden verloren hat. Es muss grausam sein, eine Woche so zu beginnen. Ich will ihn segnen und darum bitten, dass etwas von meinem Seelenfrieden auf ihn übergeht."

Kurz vor Mittag dann wurde ich von meinem Chef in sein Büro zitiert. Allerlei Dinge gingen mir durch den Kopf: Ob ich einen Fehler begangen habe, ob sich ein Kunde bei ihm über mich beschwert hat usw. Doch es kam ganz anders! Mein Chef reichte mir die Hand und bat mich, Platz zu nehmen. Er lächelte mich an – was an sich schon ganz ungewöhnlich war! – dann sagte er: „Wissen Sie, Krüger, ich habe Ihnen leider noch nie gesagt, wie wichtig Sie für unsere Verwaltung sind, und das will ich jetzt nachholen. Es gibt nicht viele Mitarbeiter, die sowohl ihre Arbeit absolut zuverlässig erledigen und zugleich eine so positive Wirkung auf das Arbeitsklima haben. Nie höre ich Klagen von Ihnen – dabei hätten Sie allen Grund dazu! Denn ich weiß, dass ich oft zu viel von meinen Angestellten verlange. Ich hätte gerne etwas von Ihrer Ruhe und Gelassenheit. Wie machen Sie das nur?"

„Das ... das freut mich sehr!", habe ich ganz verdattert geantwortet. „Danke! Ich stecke nicht in Ihrer Haut und trage auch nicht dieses Maß an Verantwortung wie Sie, aber wenn Sie wissen wollen, wie ich es schaffe, in allen Situationen ruhig zu bleiben ... es ist im Grunde ganz einfach. **Man muss begreifen, dass jeder von uns mit dem, was er über sich denkt, seine eigene Welt erschafft.** Als ich früher glaubte, niemand Besonderes zu sein, weil ich nicht sehen konnte, wo ich besondere Fähigkeiten hätte, **war** ich niemand Besonderes. Ich sah nur, wie alle anderen Dinge zuwege brachten, von denen ich nur träumen konnte. Ich bedauerte mich selbst und hatte wirklich keine gute Meinung von mir. Ich dachte immer, dass alle anderen besser wären als ich. Ich fürchtete mich davor, früher oder später in einer wichtigen Sache zu versagen. Dadurch wurde ich nervös und unsicher. Dann sagte mir jemand, dass Gott nicht irgendwo im Himmel säße und auf uns herab schaute, sondern in jedem von uns lebendig sei, und ich begann mich selbst zu lieben. Ich vertraute darauf, dass Gott alle liebt, die ich liebe, und dass diese Liebe die größte Macht im Universum sei, und jetzt kann ich alles bekommen, was ich will. Wovor soll ich mich noch fürchten?"

Mein Chef sah mich an, als wäre meine Nase mit jedem Satz länger geworden. Dann fragte er: „Sie sind aber nicht in irgend so einer Sekte, oder?"

„Eine Sekte? Nein, keine Sorge, die Gehirnwäsche habe ich mir ganz alleine verpasst. Ich kann nur sagen: Probieren Sie's aus! Beginnen Sie damit, dass Sie beobachten, ob Ihre Gedanken mit Ihren Erlebnissen übereinstimmen, dann verändern Sie einen Gedanken, nur einen! Und dann beobachten Sie wieder. Es ist kein Geheimnis, keine Magie. Es ist alles ganz logisch. Glauben Sie mir!"

„Na gut! Was habe ich schon zu verlieren? Wenn es klappt, geben Sie einen Kurs für die ganze Belegschaft. Und wenn nicht, machen Sie Ihre Arbeit weiter so gut wie bisher! Danke nochmal!"

Das war also eine dieser seltsamen Begebenheiten, die mich nun täglich verfolgten. Eine andere war die mit dem Lottoschein.

Ich bin kein gewohnheitsmäßiger Lottospieler. Nur ganz selten, vielleicht dreimal im Jahr, fülle ich einen Lottoschein aus, meistens dann, wenn mir der Blick auf mein Bankkonto verrät, dass ich einen kleinen Bonus gut vertragen könnte. Und ab und zu gewinne ich tatsächlich! Naja – jedenfalls so viel, um den Einsatz zu neutralisieren ... Nach dem letzten 5-Euro-Gewinn stellte ich mir die Frage, ob es womöglich an meiner inneren Einstellung liegen könnte, dass mir ein größerer Gewinn bisher versagt blieb. Denn wenn es meine Gedanken sind, die meine Welt schaffen, muss es doch auch in meiner Macht liegen, finanziellen Reichtum zu erschaffen! Ich beobachtete also, wie, auf welche Weise, ich darüber dachte, ein Lottogewinner zu sein. Sehr bald wurde mir klar, dass ich auf der geistigen Ebene alles Erdenkliche tat, damit mir größere

Gewinne versagt blieben! Ich sagte mir nämlich ständig vor, dass ich nicht für mich in Anspruch nehmen könnte, was zur selben Zeit anderen verwehrt bliebe, denn wo kämen wir hin, wenn jeder plötzlich sechs Richtige im Lotto getippt hätte und jeder einen Millionengewinn für sich beanspruchte? Außerdem wäre ein Lottogewinn schließlich keine Leistung, auf die man stolz sein könnte, nichts, was man durch Fleiß und Ausdauer erworben hat. Und überhaupt – wer wäre ich dann in den Augen der anderen? Der, den man beneidet und anpumpt, richtige Freunde hätte ein Lottogewinner nicht mehr!

Also ging ich in mich und änderte meine Glaubenssätze. Ich sagte beispielsweise: „Ich bekomme immer das, worum ich bitte." und „Das Universum ist grenzenlos.", um dem Irrglauben, ich könnte jemandem etwas wegnehmen, einen Riegel vorzuschieben. Außerdem räumte ich mit dem Vorurteil auf, Geld verderbe den Charakter. Ich sagte: „Es liegt allein in meiner Macht, ob ich durch einen Lottogewinn glücklich werde oder nicht." Außerdem stellte ich mir intensiv vor, wie es wäre, so ungefähr fünf Millionen auf dem Konto zu haben. Ein Haus am Meer, das wollte ich mir gönnen und – ja, ich geb's zu: einen schicken Sportwagen würde ich mir auch leisten. Aber ansonsten arbeitete ich schon mal Strategien aus, um ausgesuchte Naturschutz- und Hilfsorganisationen zu unterstützen, natürlich auch, um Steuern zu sparen. Aber vor allem würde ich ein Buch über meine jüngsten Erfahrungen schreiben, vielleicht mit dem Titel „Du bist, was du denkst." Damit würde ich mich bei allen großen Verlagen einkaufen und vielleicht … würde ich damit eine Lawine lostreten, eine sich in alle Winkel der Erde rasant ausbreitende Erkenntnis, dass jeder glücklich sein wird, der für sich in Anspruch nimmt, glücklich zu sein. Dann hätte ich den Gipfel erreicht.

Aber zuerst musste ich einen Lottoschein abgeben! Ich sah den leeren Schein vor mir auf dem Bildschirm (ich spielte online) und grübelte darüber, welche Zahlen ich ankreuzen sollte. Bisher hatte ich immer eine Kombination von Geburtsdaten von Verwandten gewählt. Aber erfolgreich war ich damit nie.

Eine Variante war es, ohne groß nachzudenken, also „aus dem Bauch raus", ganz schnell die sechs Zahlen anzukreuzen, die einem gerade in den Sinn kommen. Oder gleich den Zufallsgenerator entscheiden lassen? Irgendwie mussten die Kreuzchen aufs Blatt, oder besser: auf den Bildschirm kommen! Also stellte ich mir vor, Gott würde mir die Hand führen und es wäre ohnehin nicht möglich, eine falsche Zahl auszuwählen. Ich konzentrierte mich darauf, mich auf nichts zu konzentrieren, außer auf die Verbindung zu Gott. Ich sagte mir, dass es ganz egal wäre, wo ich die Kreuzchen setzte, denn die richtigen Zahlen waren noch gar nicht ermittelt. Und wenn Gott wollte, dass ich gewinne, würde er die Kugeln mit den aufgedruckten Zahlen so steuern, dass sie mit denen auf meinem Lottoschein übereinstimmen.

Gesagt – getan! Ich klickte auf die sechs Zahlen 8, 15, 28, 33, 34 und 47 und die Superzahl 9 und schickte meinen Lottoschein auf die schnelle Reise durch die Glasfaserkabel zu dem Rechner, der die Daten sammelte und auswertete – und wartete. Ich wartete darauf, dass auf meinem Handy die Nachricht erschien: *Herzlichen Glückwunsch! Sie haben gewonnen!*

Ich übte mich in Geduld. Gottvertrauen beweist man nicht mit einem ständigen Nach-Denken. Man verlässt sich darauf, dass alles in Gottes Hand liegt und gut werden muss! Ich lenkte mich ab, arbeitete fleißiger als zuvor und machte mich über allerlei aufgeschobene Arbeiten her. Erst am Samstagabend war ich ein bisschen nervös. Immer lebhafter wurden meine Gedanken, je näher die Ziehung der Lottozahlen kam. Ich stellte mir vor, wie mein Handy klingelte, wie ich die Nachricht las und kurz darauf einen Anruf von der Lottogesellschaft erhielt. Ich genoss die Vision, mich an meinem Arbeitsplatz zu sehen und so zu tun, als wäre nichts weiter geschehen, obwohl ich soeben fünf Millionen mehr auf meinem Konto hatte und ich jederzeit kündigen könnte. Ich spürte die Souveränität, die ich nun ausstrahlen würde, weil ich auf meinen Job nicht mehr angewiesen war und jederzeit sagen könnte: „Das war's! Ich hab keinen Bock mehr! Auf Wiedersehen!"

Ja, und schließlich war es soweit: Mein Handy klingelte einmal kurz im Standardton. Ich öffnete die Nachricht und las: *Herzlichen Glückwunsch! Sie haben gewonnen!* Das war schon mal erfreulich, aber diese Meldung bekommt man auch, wenn man die letzte Zahl im Spiel 77 hat. Also suchte ich die Seite mit den aktuellen Lottozahlen. Und schließlich las ich: *8, 15, 28, 33, 34 47, Superzahl 9.* Ich las die Zahlen noch einmal – kein Zweifel! Das waren die Zahlen, die ich getippt hatte.

Wer nun glaubt, ich hätte laut gejubelt und wäre anschließend mit einer Flasche Champagner durchs Zimmer getanzt, den muss ich enttäuschen. Ich blieb ganz ruhig. Ehe ich das Geld nicht auf meinem Konto sehe, tu ich gar nichts, dachte ich. Ich musste weiterhin geduldig bleiben. Erst am Montag würden die Gewinnquoten veröffentlicht. Ich verbrachte den Sonntag in einer Heiterkeit, die selbst dem Gartenrotschwanz Ehre gemacht hätte. Ich hatte eine ungewöhnliche Lust daran, zu singen und zu tanzen! Am Montagmorgen läutete das Telefon. Mit zitternden Händen drückte ich den roten Button auf dem Handy – die Lottogesellschaft! „Wir freuen uns, Ihnen mitteilen zu dürfen, dass Sie in der aktuellen Ziehung die Gewinnklasse I gewonnen haben ...“

Jetzt war ich doch beeindruckt. „Danke“, sagte ich mit zittriger Stimme.

Ich hatte im Lotto gewonnen! Nicht nur ein paar Euro, sondern fast den ganzen großen Jackpot! Ich war reich! Ich hatte gewonnen, was für viele den Gipfel des Glücks bedeutete. War ich am Gipfel? Ich zwang mich, ruhig zu bleiben. Ich sagte mir, dass ich nichts tun musste. Das Geld würde in ein, zwei Tagen auf mein Konto transferiert und auch dann musste ich nichts tun. Ich würde erst einmal weiterleben wie bisher, würde pflichtbewusst zur Arbeit gehen und niemandem etwas davon sagen. Und doch – obwohl ich mich bemühte, normal zu bleiben – veränderte ich mich.

Ich lag im Bett und fand keinen Schlaf. Nicht, dass mir der Haufen Geld, den ich erwartete, Sorgen bereitete, nein, keineswegs. Es war diese neuartige Empfindung, die mir buchstäblich beinahe den Atem raubte: Das Wissen, nun alles mit meinem Leben machen zu können, nicht mehr fleißig, loyal, klug, diszipliniert und fehlerfrei sein zu müssen, die Freiheit zu haben, einerseits gar nichts tun zu müssen und andererseits alles beginnen zu können, ohne auf ein Ergebnis oder eine Karriere zu schielen, den Luxus zu genießen, scheitern zu dürfen. Ich war noch eine halbe Stunde vom Gipfel entfernt, faktisch hatte sich in meinem Leben noch nichts geändert. Mein Konto wies einen Stand von 833,47 € aus, meine Wohnung hatte immer noch 3 Zimmer, mein Kühlschrank war mäßig gefüllt und ich war nicht klüger als vor einer Stunde. Jetzt, 30 Minuten unterhalb des Gipfels, schwelgte ich in der freudigen Erwartung dessen, was ich am Gipfel alles zu sehen bekäme: ganz oben sein, über den Wolken, mit anderen Gipfeln auf gleicher Höhe, auf Täler, Seen und Städte hinabschauen ... Aber was, wenn oben Nebel ist?

Das alles entspricht der Verwendung des Geldes, denn Geld an sich hat nur einen Buchwert. Es geht um die vielen Glücksmomente, die ich jedes Mal haben würde, wenn ich mein Geld gegen Dinge eintauschte, die bis jetzt illusorisch waren: das schicke Auto, die großzügige Villa, neue Kleidung, generöse Spenden, Luxusreisen usw. Aber – würde mich das wirklich glücklich machen? Wäre nicht jede Ausgabe von dem Wissen begleitet, dass mein Vermögen nun schon kleiner geworden ist und nicht ewig bestehen würde? Kommt nicht unweigerlich der Punkt, an dem ich wieder sparsam leben musste? Natürlich! Man muss sein Geld so anlegen, dass es sicher ist und Zinsen erwirtschaftet, aber dazu braucht man einen Finanzexperten, der auch wieder bezahlt werden will, und plötzlich wird man von der Notwendigkeit überwältigt, sich um das viele Geld kümmern zu müssen, und die Freiheit wird wieder um ein Stück enger ...

Bin ich auf dem Gipfel tatsächlich glücklicher als 30 Minuten vor dem Gipfel?

Ja, das war eines jener seltsamen Ereignisse, die sich häuften, seit ich den Frieden Gottes in mir spüre. Ein anderes Erlebnis nahm seinen Ausgang im Gasthaus *Gipfelblick*, welch ein Zufall!

Ich saß in der Stube, auf demselben Platz wie damals vor ein-einhalb Jahren. Die Holzbank war noch dieselbe wie damals, ein bisschen abgenutzt, aber solide und zeitlos. Im Kachelofen loderte ein heimeliges Feuer, es war Winter und hier in den Bergen schon frostig. Ich genoss die wärmende Kartoffelsuppe mit Ingwer und hatte nichts Besseres zu tun, als einfach dazuzusitzen und die Leute zu beobachten. Der Wirt hatte die gute Idee, zusammen mit dem örtlichen Fremdenverkehrsverband ein paar Langlaufloipen anzulegen, die an seinem Gasthaus vorbeiführten. Darum herrschte auch zu dieser Jahreszeit ein reger Betrieb. Viele betraten den Gastraum mit hochroten Gesichtern, die Brillenträger unter ihnen standen für einen Moment wie blind im Raum, weil sie weder durch die beschlagenen Gläser noch ohne Brille scharf sehen konnten. Die Sportler mit ihren bunten Overalls wirkten wie Außerirdische in der schlichten Holzstube. Wieder andere öffneten nur die Tür, ließen die kalte Luft herein und kehrten wieder um, nachdem ihnen der Gastraum zu voll erschien.

Inzwischen war Natalie ein unverzichtbarer Teil des Hauses geworden; sie bediente, teilte das Personal ein, kümmerte sich um besondere Anliegen und war so etwas wie die gute Seele des Hauses geworden. Wann immer ich den *Gipfelblick* besuchte, nahm sie sich eine Minute Zeit, um sich auf ein Wort zu mir zu setzen, auch dieses Mal.

„Und? Bist du glücklich hier, als Gastwirtin?", fragte ich.

„Sieht man das denn nicht?" Sie strahlte über das ganze Gesicht und schüttelte ihre roten Locken.

„Natürlich! Aber es ist doch anstrengend, Sommer wie Winter, den ganzen Tag und die halbe Nacht hier auf den Beinen zu sein. Du hast erst damit angefangen, und du bist immer noch verliebt! Das ist natürlich schön, aber in diesem Zustand steckt man einiges weg, was später vielleicht zu anstrengend wird."

Sie sah mich kopfschüttelnd an.

„Dass du auch immer ein Haar in der Suppe finden musst! Klar ist es anstrengend ... Immerhin gönnen wir uns 2 Ruhetage pro Woche und ein paar Tage Urlaub im Jahr. Aber wenn du einen Mann hast, der täglich Freude und Zufriedenheit ausstrahlt und nicht jeden Satz mit einem ‚aber' beginnt ..." sie sah mir tief in die Augen, „... dann wirst du nicht müde, auch wenn die Verliebtheit eines Tages nachlassen sollte."

„Ich versteh schon! Ich könnte mir einiges von Gabriel abschauen. Er ist schon ein besonderer Mensch."

„Ja, das ist er. Nicht nur wegen seiner Kochkünste."

„Darf ich dich was fragen?"

„Oh! Jetzt wird es spannend. Nur zu!"

„Horst beherrscht doch das Einmaleins des Glücklichseins ebenso wie Gabriel. Warum bist du eigentlich nicht bei Horst geblieben?"

„Ich hätte bestimmt auch mit Horst glücklich sein können. Aber er ist anders als ich und anders als Gabriel. Er ist ehrgeiziger, impulsiver, unberechenbarer. Mit ihm zusammen zu leben wäre immer eine große Herausforderung gewesen, weil man nie gewusst hätte, was als Nächstes kommt. Gabriel hingegen ist die Ruhe selbst. Das tut sehr gut, gerade, wenn man den ganzen Tag mit Menschen zu tun hat."

„Ich verstehe."

„Aber was ist mit dir?" Sie hielt sich die Hand vor den Mund. „Siehst du? Fünf Minuten mit dir zusammen und schon verwende ich auch dieses dumme A-Wort! Also, was ich sagen wollte ... ich denke, du hast das Leben inzwischen auch begriffen. Du hast dich sehr verändert im vergangenen Jahr. Ich meine das jetzt nicht ironisch!"

„Ich weiß. Und mir geht's auch sehr gut."

„Aber?" Sie kicherte.

„Naja – du weißt schon. Wenn du das Glück, das du in dir trägst, mit jemandem teilst, vervielfacht es sich."

„Das will ich meinen! Und wer Glück ausstrahlt, ist wie ein Magnet für andere."

„Ja, so sagt man."

Sie kicherte wieder. „Warte einen Moment!"

Dann verschwand sie in der Küche. Ich wartete und wartete, aber sie kam nicht wieder. Dann stand plötzlich eine junge Frau vor mir und fragte mich:

„Darf ich Ihnen noch was bringen?"

Ich schaute in das sympathischste Gesicht, das ich jemals gesehen habe. Und die Augen lachten mich an, als wären wir uralte Freunde, die sich seit vielen Jahren endlich wieder trafen.

„Wie?"

„Möchten Sie vielleicht noch etwas trinken?"

„Ja, ein alkoholfreies Bier, bitte!"

„Gerne."

Ich sah ihr hinterher und überlegte kurz, ob sie nicht etwa eine Fata Morgana war.

Und schon stand sie wieder da und stellte ein Glas Bier auf den Tisch.

„Bitte sehr, der Herr!"

Als ich sah, dass sie sich gleich wieder umdrehte, kam es spontan aus mir heraus: „Müssen Sie denn schon wieder gehen?"

Sie hielt inne, lachte mich an.

„Ein bisschen Zeit hätte ich noch. Hätten Sie denn gerne noch ein Dessert?", fragte sie schelmisch.

„Ähm ... ich wäre eigentlich schon sehr froh, wenn Sie sich einen Augenblick zu mir setzen würden. Wenn – wenn Sie das nicht zu sehr von Ihren Pflichten ablenkt."

„Das könnte schon sein ..."

Und schon saß sie mir gegenüber und schaute mich an. Mein Herz pochte wie wild und ich spürte die Hitze in mein Gesicht aufsteigen.

„Und jetzt?", fragte sie.

„Ich frage mich, wo Sie die ganze Zeit gesteckt haben."

Ich suchte nach Worten und dachte mir gleichzeitig: Jetzt muss ich etwas sagen, damit sie nicht wieder geht!

„Ich meine, ich war schon so oft hier, aber Sie habe ich noch nie gesehen."

„Ich bin neu hier. Gerade mit der Hotelfachschule fertig geworden."

„Ah? Ja ... Ich glaube, Sie werden es gut haben hier. Natalie und Gabriel sind sehr nette Leute – und der Chef auch."

„Sie kennen sie alle? Ach – dann hat mich Natalie deswegen zu Ihnen geschickt. Sie sind wohl Stammgast hier?"

„Ja, kann man so sagen. Aber eigentlich bin ich viel mehr als ein Stammgast. Ich bin sozusagen Natalies Schüler. Das ist jetzt schwer zu erklären, aber eines muss ich Ihnen unbedingt sagen: Es ist von enormer Bedeutung, dass Sie gut über sie denken, und über alles andere, ihren Beruf und die Leute, die hier ein- und ausgehen."

„Das tue ich für gewöhnlich ..."

„Dann ist ja alles gut! Sagen Sie – ich will Sie jetzt nicht von Ihrer Arbeit abhalten. Hätten Sie später – wenn Sie hier fertig sind – noch Zeit? Ich muss über so Vieles mit Ihnen reden."

„Das klingt ja interessant. Vielleicht sollte ich Natalie fragen, was sie dazu meint."

„Ja, klar. Unbedingt! Tun Sie das."

Sie verschwand in der Küche und eine Minute später streckte sie kurz den Kopf durch die Tür und zeigte augenzwinkernd mit dem Daumen nach oben in meine Richtung.

Ja, so hat es begonnen. Inzwischen lebe ich mit Eva – so heißt die hübsche junge Kellnerin – zusammen und wir bestärken uns gegenseitig darin, keinen Gedanken an Unglück zu verschwenden.

Wir sind sehr glücklich. Wohl auch aus dem Grund, dass wir nicht arbeiten müssten, denn auf einem Konto liegen zwölf Millionen, die gut verwaltet sind. Es ist seltsam: wir wissen, dass wir reich sind, und das alleine genügt schon, um das herrlichste Leben zu führen, das man sich vorstellen kann. Irgendwie beginnt alles im Denken.

Aus der 30-Minuten-Reihe ist noch erhältlich:

„30 Minuten – träumend die Realität verwandeln"

zu bestellen über

www.einbuch-verlag.de

www.bedadeva.de

www.amazon.de